NDAY OR TUESDAY
VIRGINIA WOOLF
WOODCUTS BY
VANESSA BELL

月曜か火曜

ヴァージニア・ウルフ
著

ヴァネッサ・ベル
画

片山亜紀
訳

etc. books

目次

月曜か火曜

A Haunted House

幽霊たちの家

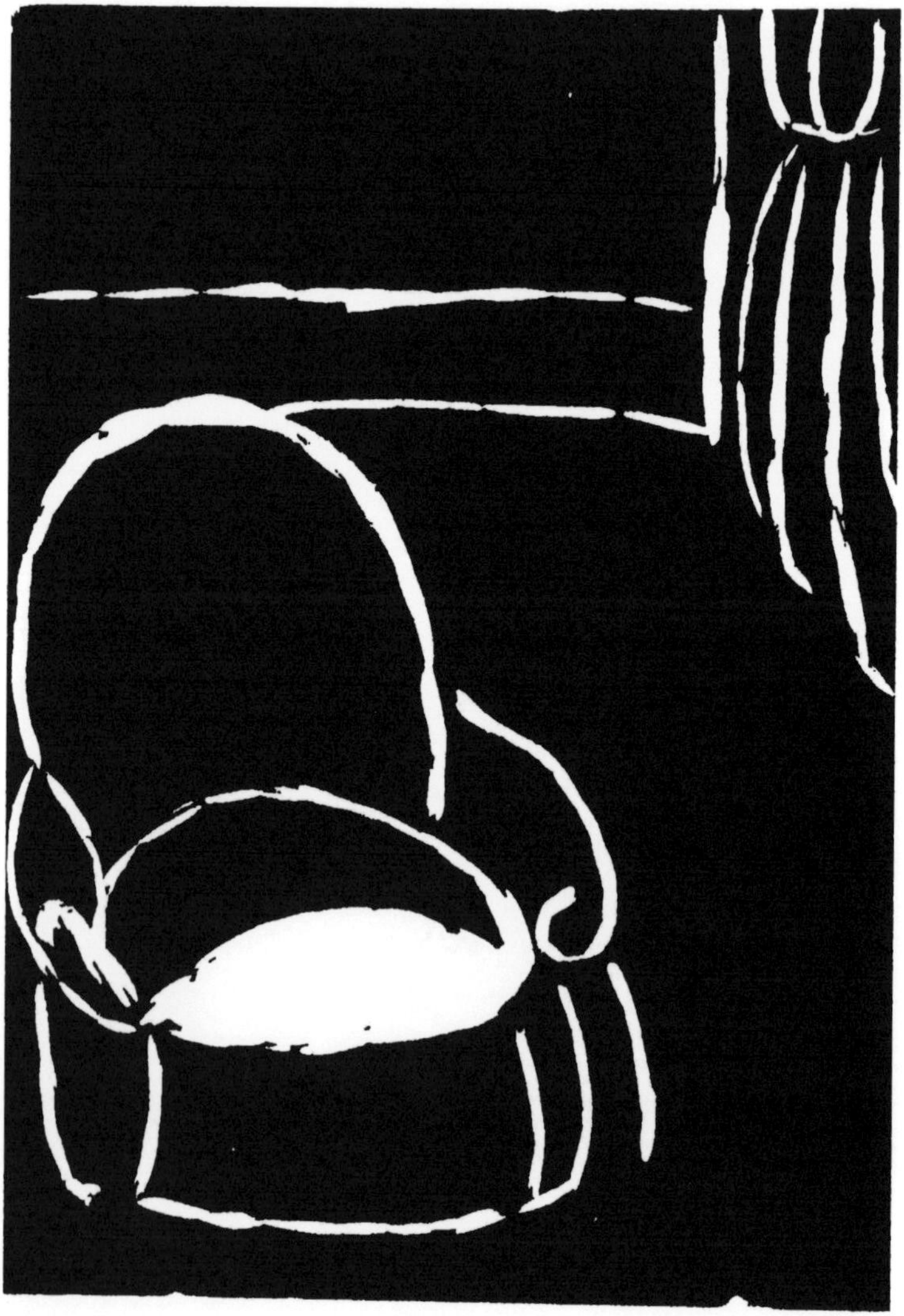

いつ目が覚めても、ドアの閉まる音がしていた。部屋から部屋へとめぐっていた。手に手をつなぎ、こちらでは持ち上げ、あちらでは開けて確かめていた――幽霊らしい、ひと組のカップルだった。

「私たち、ここに置いたのに」と彼女は言った。すると彼は「そうだね、でもこっちにも置いたね！」と続けた。「上の階にあるのかな」と彼女がつぶやくと、「あとは庭かもしれない」と彼がささやいた。「静かにしていよう」二人は言った。「でなきゃ、あの人たちを起こしてしまうから」

でも、あなたがたが私たちを起こしたわけじゃない。全然そんなじゃない。「あの二人、何か探している。カーテンを閉めているところね」などと私は言い、また一、二頁、本を読む。「ああ、あの二人、とうとう見つけた」と、私は余白で鉛筆を止めて確信する。やがて本にも飽きて、立ち上がって自分で見にいくけれど、家はどこも空っぽ、ドアはどこも開けたまま、モリバトだけがクークーと満足そうで、農場からは脱穀機の唸《うな》り声がする。「私、なんでここに入ってきたんだっけ？　何を探していたんだっけ？」私の両手は空っぽのまま。「たぶんそれなら上の階かな？」屋根裏には林檎があるだけ。だからまた降りてくると、庭は相変わらずひっそりとして、ただ本だけが芝生に滑り落ちている。

それでも、あの二人は居間でとうとう見つけた。この目で二人を見たわけじゃない。窓ガラスは林檎を映し、薔薇を映し、一面の緑の葉っぱを映している。もしあの二人が居間で動きまわっても、林檎は黄色い面を向けるだけ。だとしても、次の瞬間にさっとドアを開けるなら、床《ゆか》に広げてあったり、壁に掛かっていたり、天井から吊るしてあったりしないだろうか――ほらね？　私の両手は空っぽのまま。ツグミの影が、絨毯《じゅうたん》を突っ切って飛ぶ。深い沈黙の井戸の奥底から、モリバトが音の泡を汲み上げる。「安全、安全、安全」と、家はそっと鼓動する。「お宝は埋めてあります。部屋は……」と、そこで鼓動がぱたりと止む。え、埋めたお宝を探していたんですね？

次の瞬間には、陽が翳《かげ》ってしまった。ということは外、庭にあるのかな？　でも樹々は闇を紡いで、さまよう太陽の光をさえぎってしまう。窓ガラスの向こうに燃えている光がいつも頼りなのに、それはうっすらした仄《ほの》かな光となり、冷たく地表から消えてしまった。窓ガラスには死――死が私たちを分断する。何百年も前に、死はまず、その女性に訪れた。家は取り残され、すべての窓がぴたりと閉ざされ、どの部屋も暗くなった。彼は家を残し、彼女を残し、北方に行き、東方に行き、南方の空で星々がめぐるのを見た。そしてあの家を求めて帰ってみると、家は丘《ダウン＊1》のふもとに打ち捨てられていた。「安全、安全、安全」と、家はうれしそうに鼓動した。「お宝はあなたのもの」

風が並木道をゴーッと吹き上げてくる。樹々がしなって、こちらへあちらへとかしぐ。雨の降りしきるなか、月光は荒々しく跳ねて溢《あふ》れる。でもランプの光は窓辺から真下に射している。蠟燭がじっと静かに燃えている。家じゅうをめぐり、窓を開け、私たちを起こさないように小声でささやきあいながら、あの幽霊らしいカップルが自分たちの歓びを探している。

「ここで私たちは眠ったのよ」と彼女は言う。すると彼が「数えきれないくらいキスをしたね」と続ける。「朝になって目が覚めて――」「樹と樹のあいだが銀色だった――」「上の階で――」「庭で――」「夏になって――」「冬に雪が降って――」はるか彼方であちこちのドアが閉まり、心臓の鼓動のような優しい音を立てる。

二人は近づいてきて、ドアのところで立ち止まる。風は止み、雨が窓ガラスに銀の雫《しずく》を伝わせる。私たちの視界は暗くなり、近づく足音も聞こえず、その女性が幽霊らしいマントを広げるのも見えない。彼の両手はランプを包みこむ。「見てごらんよ」と彼はささやく。「ぐっすり眠っている。この人たちの唇には愛が宿っているね」

身をかがめ、私たちの上に銀のランプをかざし、二人は長いこと見入っている。長いことじっとしている。風がまっすぐ吹いてきて、炎がわずかに横に流れる。気まぐれな月光が床を横切り、壁を伝い、二人を探り当て、俯《うつむ》いた顔に痕《あと》をつける――考えごとをしている顔、眠る者たちを探って、秘めた歓びを見つけ出そうとしている顔に。

「安全、安全、安全」と、家の心臓は誇らしげに鼓動する。「長い歳月だった――」と彼は溜息を漏らし、「でもまた私を見つけてくれた」と言う。「ここで眠っていたのよ」と彼女はつぶやく。「庭で本を読みもする。笑って屋根裏で林檎を転がしもする。ここに私たちは宝を残したのよ——」ランプの光が近づいて、私の瞼《まぶた》が開く。「安全！　安全！　安全！」と、家は高らかに鼓動する。目を覚ました私は叫ぶ。「ああ、あなたがたの埋めたお宝って、このことなんですね？　この心臓に宿る光のことなんですね」

A Society

ある協会

それはこんなふうに始まった。ある日のこと、紅茶を飲んだ私たちは六、七人で座っていた。通りの向こう側には帽子屋があり、その窓に見入っている人もいた――真紅の羽根飾りや金色のハイヒールが、まだ照明を受けてキラキラ輝いていた。紅茶のトレーの端に角砂糖を積み上げて、小さな塔を作って暇を潰している人もいた。私の記憶では、それからほどなくしてみんな暖炉の前に集まって、いつものように男たちを讃《たた》えはじめた。強いよね、気高いよね、頭がいいよね、勇気あるよね、かっこいいよね――そして、そのうち一人を一生涯、どうにかこうにか自分につなぎとめておける女の人って羨ましいよね。

すると、それまでひと言も発さなかったポルがわっと泣き出した。ポルっていつも変だった。というか、ポルのお父さんが変わった人だった――遺言でポルに財産を遺してくれはしたけれど、ロンドン図書館[*2]の本をおまえがすべて読み切るならば、という条件つきだったのだ。私たちは泣き出したポルをできるかぎり慰めたけれど、心の底では無益なことだとわかっていた。だって、もちろん私たちはポルが好きだったけど、ポルはちっとも美人じゃない。靴紐だってだらしなくほどけている。私たちが男の人たちを褒めそやしているあいだも、どうせ自分にはだれ一人プロポーズしてくれないだろう、なんて考えていたに違いない。

ポルはどうにか泣きやんだ。しばらくのあいだ、ポルの言っていることは意味不明だった。変なことを言うようだけど、正真正銘、わけがわからなかった。ポルは言った。みんなも知ってるだろうけど、私はたいていロンドン図書館で本を読んでるの。最上階のイギリス文学から始めた。一階の『タイムズ』紙を目指して、しっかり読み進めてる。でもいま半分か、もしかするとたぶん四分の一しか進んでいないのに、恐ろしいことが起きたの。これ以上、読めないの。本って、あなたたちが考えているようなものじゃない。「本っていうのはね」と言うなり彼女は立ち上がり、永遠に忘れられなくなるくらい打ちひしがれた様子で叫んだ。「たいていどうしようもなくひどいのよ！」

もちろん、私たちは大声で言い立てた。シェイクスピアだって本を書いたでしょう、ミルトンだって、シェリーだって。[*3]

「ああそうね」ポルは私たちをさえぎった。「ずいぶんと教養がおありね。でもみんなはロンドン図書館に登録してないじゃない」ここでポルは改めてわっと泣き出した。しばらくして少し気を取り直した彼女は、いつも抱えているたくさんの本から一冊を開いた。『窓辺から』か『庭先で』か、そんなような題名で、著者はベントンかヘントンか、そんなような名前の男性だった。ポルは最初の数頁を読み上げた。私たちは黙って聞いた。

「でもそれって、本じゃないよ」とだれかが言った。

そこでポルはもう一冊を選んだ。今度は歴史の本だったけれど、著者の名前は忘れてしまった。ポルが読み上げるにつれて私たちの動揺は増した。その本に書いてある言葉はひと言たりとも真実とは思えなかったし、書いてある文体も劣悪だった。

「詩はどうなのよ！　詩は！」私たちはたまりかねて叫んだ。「詩を読んでよ！」ポルは小さな詩集を開いて一篇を読んだ。そのときの私たちの絶望ときたら、とても言葉では言い表せないものだった。だらだらと長い、センチメンタルな駄作だったのだ。

「だれか女の人が書いたに決まってる」だれかがそう言った。でも違った。ポルが言うには、作者は若い男性、当代いちばんの有名詩人。そう知ったときの衝撃がどれほどのものだったか、ご想像は読者のみなさんにお任せしたい。私たちは大声でポルにもうこれ以上は読まないでと頼んだけれど、ポルは耳を貸そうともせず、歴代の大法官[*4]の伝記集から何箇所か読み上げた。ポルが読み終えると、私たちの中でも最年長でいちばん賢いジェインが立ち上がり、私としては納得がいかないと言った。

「だって、男の人たちがこんな駄作ばかり書いているとしたら、お母さんたちが若いときに彼らを世に送り出してきたことじたい、時間の無駄だったんじゃないかな？」彼女は言った。

みんなは黙りこんでしまった。そうやって静まり返っている中で、かわいそうなポルがしゃくり上げながら言うのが聞こえた。「何で、何で、お父さんは私に読むことなんか教えたのかな？」

最初に落ち着きを取り戻したのはクロリンダだった。「全部、私たちのせいよ」彼女は言った。「どうやって読めばいいのかは、私たちみんなが知ってる。でもポル以外、実際には読もうとしてこなかった。私自身のことを言うとね、若いときは子育てをするのが女性の義務だと思いこんでた。私のお母さんは十人育てたから偉いと思ってた。私のお祖母さんは十五人を育てたからもっと偉いと思ってた。実を言うと二十人産むのが私の野望だった。何世代も、私たち女性はずっとこう思ってきたのよ——男の人たちも同じくらい勤勉なんだろう、その業績も同じくらい立派なんだろうって。こう思ってきた——女が子を産んで、男は本や絵を生む、女が世界を人でいっぱいにして、男は世界を文明で満たす。でも、私たちはもういろいろ読めるんだから、自由に結果を見定めていいはず。次の子を世に送り出す前に、世界がどんなふうなのかを見極めましょう」

そこで私たちは、質問協会を作ることにした。一人は戦艦を訪ねてみよう。別の一人は学者の研究室に潜入することにしよう。もう一人はビジネスマンたちの会議に出席する。そして全員が本を読み、絵を鑑賞し、音楽会に行き、路上で目を光らせて、休むことなく質問をする。私たちはとても若かった。その夜、解散する前に、人生の目的とはよい人間とよい本を生み出すことであるという合意に達した——そう申し上げれば、私たちがどれだけ単純だったか、読者のかたがたにもおわかりいただけるだろう。私たちの質問は、これらの目標が男性たちによって現在どのくらい達成されているのかを見極めるためのものだった。納得できるまでは人っ子一人産むまい——私たちはおごそかに誓いを立てた。

それから私たちは赴《おもむ》いた。ある人は大英博物館へ、別の人はイギリス海軍へ。ある人はオックスフォードへ、別の人はケンブリッジへ。私たちはロイヤル・アカデミーを、テート・ギャラリーを訪れ、演奏会でいまどきの音楽を聴き、裁判所に行き、新しい芝居を鑑賞した。*5 男の人と二人きりでディナーに行くときは、かならず相手に質問をして回答を詳しく書き留めた。時折私たちは合流して、観察結果を述べあった。ああ、そうやって会うのは楽しかった！　ローズが「名誉」についてのメモを読み上げながら、どうやって自分がアビシニアの王子に扮してイギリス戦艦に乗船したかを教えてくれたときなんて、私は人生で初めてというくらい大笑いしたものだ。*6 何でも艦長はそれがいたずらだったと知ると、彼女のもとを訪れ（そのとき彼女は一介の紳士といういでたちだった）、名誉というものは回復されねばなりませんと主張したのだった。

「でもどうやるんだい？」と彼女は尋ねた。

「どうやる、ですって？」艦長は吠えた。「もちろん鞭《むち》を使わせていただきます！」

艦長が憤怒《ふんぬ》のあまり我を忘れているので、彼女はとうとう最期《さいご》のときが来たと覚悟しながら身をかがめたが、驚いたことに背中を六回、軽く叩かれただけだった。「イギリス海軍の名誉は回復されました！」艦長は叫び、彼女が身を起こすと、玉の汗を顔から滴《したた》らせながら震える右手を差し出してきた。

「握手なんかしないぞ！」彼女はひと声叫んで身構え、艦長と同じくらい激烈な表情を浮かべてみせた。「僕の名誉はまだ回復されていない！」

「まさに紳士にふさわしいご発言」と艦長は応え、じっと考えこんだ。「イギリス海軍の名誉回復が六回だったとすると、一般の紳士のかたが名誉回復をされるには何回がいいのでしょう？」彼は悩んだ。同僚の者たちと相談させてくださいと、彼は言った。そんなには待てないなと、彼女はにべもなく撥《は》ねつけた。感性豊かでいらっしゃると、艦長は感服。「ちょっと待ってください」艦長はだしぬけに大声で言った。「お父さまは馬車をお持ちでしたか？」

「いや」と彼女。

「乗用馬はお持ちでしたか？」

「ロバならいたよ」と、彼女は思い出しながら言った。「芝刈り機を牽《ひ》かせていたよ」これを聞いて艦長の表情は明るくなった。「僕の母の名は――」彼女が言いかけた。

「いいえ、お母さまのお名前はどうかおっしゃらないでください！」艦長は悲鳴を上げ、ヤマナラシの木の葉のように小刻みに震えて髪の毛の根元まで赤くなり、先を続けなよと彼女が声をかけられる程度にまで落ち着くのに、ものの十分を要した。[*7]そしてようやく艦長は決めた。わたくしの腰のあたり、ここだと申し上げるところを四回半叩かれましたら（あなたさまの曾《ひい》お祖母さまの叔父さまがトラファルガーの海戦で戦死されたという事実に鑑《かんが》み、〇・五回分引かせていただきました）[*8]、私見ではあなたさまの名誉は完全に回復されます。これが執り行われ、二人はレストランへと向かってワインを二本空にして――こちらはわたくしの奢《おご》りですと艦長は言ってきかなかった――、永遠の友情を誓い合って別れたのだった。

　それから私たちは、裁判所に行ったというファニーの話を聞いた。初めて法廷を訪れたとき、裁判官とは木でできているか、あるいは人間のオスによく似た大きい動物――それもひどく仰々《ぎょうぎょう》しい動作と、くぐもった話しかたと、うなずきかたを仕こまれた動物——によって演じられているかのどちらかだという結論に達したそうだ。その仮説を検証すべく、裁判の山場に差し掛かったまさにそのとき、彼女はハンカチに包んでおいたアオバエを何匹か放ってみた。ところが裁判官たちが人間らしい徴《しるし》を見せたかどうかは判定できなかった。というのもハエのブンブンいう音のせいで彼女は眠りこんでしまい、ようやく目覚めたときには、被告人たちが階下の独房に連れて行かれるところだったのだ。でも彼女が持ち帰ってきた証拠だけでは、裁判官が人間のオスと決めこむのは不公平だ、ということになった。

ヘレンはロイヤル・アカデミーに行ったのだが、観てきた絵について報告してよと言われ、水色の本を開いて読み上げ始めた。「〈ああ！　もういまはないあの手の温もりよ、あの静かな声音《こわね》よ〉〈狩人《かりうど》の帰還、丘からの帰還〉〈男は手綱《たづな》をひと振り〉〈愛は甘く、愛ははかない〉〈春、うららかな春は一年の喜ばしい王〉〈ああ！　四月のイングランドにいたなら！〉〈男は働き、女は泣くのが定め〉〈義務の道は、栄光への道〉[*9]——」ダラダラとこうして続いていくのに、私たちは我慢できなくなった。

「詩はもうたくさん！」私たちは叫んだ。

「〈イングランドの娘たちよ〉[*10]！」彼女はまた始めたけれど、ここで私たちは彼女を押さえつけ、揉《も》み合いの挙句、花瓶の水を彼女の上にぶちまけた。

「ああもう！」彼女は叫び、犬がやるみたいに体をブルブルッと震わせた。「絨毯《じゅうたん》の上を転がって、体にまとわりついたイギリス国旗を全部剝《は》がせるか、やってみる。そしたらたぶん

――」ここで彼女は盛んに転げまわった。立ち上がったヘレンはいまどきの絵画がどんなものかを説明しはじめたけれど、カスタリアがさえぎった。

「絵の大きさは平均してどのくらいなの?」カスタリアは尋ねた。

「たぶん縦が二フィートに、横が二・五フィートね」ヘレンは言った。

ヘレンが話しているあいだ、カスタリアはメモを取った。話が終わり、それぞれ目を合わせないようにしていると、カスタリアが立ち上がって言った。「みんなの希望どおり、私は掃婦に変装して、先週一週間をオックスブリッジ[*11]で過ごしたの。そうやって何人かの大学教授の部屋に入ったから、どんなだったかみんなに報告するね――ただね」彼女は言いよどんだ。

「どうやったら説明できるのかわからない。本当にとても変だった。教授のかたがたはね」彼女は続けた。「中庭のある大きな家にそれぞれ住んでいるの。一軒に一人ずつ、まるで独房に入れられてるみたいに。とは言っても、すべては便利で快適。ボタンを押したり小さなランプをつけたりするだけでいい。書類は綺麗にファイルしてある。本は数かぎりなくある。子ども動物もいない――迷い猫が六匹、年寄りブルフィンチが一羽、あと雄鶏が一羽の他にはね。それで思い出した」彼女は脇道にそれた。「ダリッジで暮らしていた私の叔母は、サボテンを育ててた。大きな客間を抜けて温室に行くと、熱いパイプの上にいっぱいサボテンが並んでた――醜い、ひしゃげたトゲトゲの小さなサボテンが、一本ずつ別の鉢に植えてあった。百年に一回だけアロエの花は咲くのよって、叔母は言っていた。でも咲く前に叔母は死んじゃった[*12]

本筋だけを話してちょうだいと、私たちはカスタリアに注文をつけた。「わかった」と、彼女は本筋に戻った。「ホブキン教授が留守のとき、私は教授のライフワーク、サッフォー[*13]の詩集を調べてみたの。変な本で、六インチか七インチの分厚さだけど、その全部にサッフォーの詩が印刷してあるわけじゃない。ああ、全然そうじゃない。おおかたはサッフォーは純潔だったって述べ立ててるの。何でもドイツのだれかがサッフォーは純潔じゃなかったって言ったみたいで。それにびっくりだった——この二人の紳士は、情熱を傾けて学識を披露しながら途方もない創意工夫の才能を発揮して、どうしてもヘアピンにしか見えない道具の使用法について盛んに言い争ってるの。とくにドアが開いてホブキン教授その人が現れたときがびっくりだった。とっても上品で温和な老紳士で、でもああいう人に純潔ってものがわかるのかな?」彼女の言いかたに、私たちはそのニュアンスをつかみかねた。

「違う、違う」彼女は否定した。「たしかにあの教授先生は名誉ある立派な人——ローズの艦長にそっくりってわけじゃないけど。だけど叔母のサボテンのことを考えちゃうの。サボテンは純潔ってものについてわかるのかな?」

もう一度、本筋から離れないでちょうだいと、私たちは彼女に釘を刺した。オックスブリッジの教授たちは人生の目的、つまりよい人間とよい本を生み出す役に立ってるの?

「あ!」彼女は叫んだ。「質問してくるのをすっかり忘れちゃった。あの人たちに何かが生み出せるなんて、とても思えなかったから」

「あのね」とスー。「あなたは何か勘違いしたんじゃないかな。たぶん、ホブキン教授は婦人科の医者だったのよ。学者っていうのはまったく違うタイプの男の人。学者っていうのはユーモアと才覚が滔々《とうとう》と溢《あふ》れるような人。ワインを飲みすぎてるかもしれないけど、でもかまわない、学者っていうのは人生の愉《たの》しい道連れ、寛大で、鋭敏で、想像力の豊かな人。だって学者って、これまで存在してきた最良の人間たちと一緒に人生を歩んでるのよ」

「そうね」とカスタリア。「戻ってもう一度やってみようと思う」

約三ヶ月後、私が一人で座っていたときにカスタリアが入ってきた。彼女の表情の何にそれほど揺さぶられたのかはわからないけれど、私は自分を抑えられずに部屋をさっと駆け抜け、彼女を両腕で抱きしめた。とても綺麗だったし、意気揚々として見えた。「何て幸せそうなの」

腰を下ろす彼女に私は叫んだ。

「オックスブリッジにいたのよ」彼女は言った。

「質問をしていたの?」

「質問に答えていたのよ」と、彼女は返した。

「誓いを破ってはいないのよね?」私は心配になって尋ねながら、彼女の体つきがどこか変化しているのに気づいた。

「ああ、誓いのこと」彼女はこともなげに言った。「知りたいなら言うけど、私、赤ちゃんを産むの。あなたにはきっと想像できないのよね」堰《せき》を切ったように彼女は言った。「どんなにわくわくするか、美しいか、うっとり満たされるか——」

「何がよ?」私は尋ねた。

「つまり――つまり――質問に答えるってことがよ」彼女はいくらかまごつきながら答えた。そして、これまでの出来事をみんな聞かせてくれた。でも、私がこれまで聞いた中でもいちばん面白くて興奮する話の真っ最中に、彼女は世にも奇妙な叫び声をあげた――ギャッ！　ともワッ！　ともつかない叫び声を。「純潔！　純潔！　私の純潔はどこ！」彼女は叫んだ。「ああ助けてちょうだい！　気つけ薬はどこなの！」[*14]

部屋にはカラシの入った小瓶があるだけだった。私がその小瓶でどうにかしようとしたそのとき、彼女はようやく平静を取り戻した。

「それは三ヶ月前に考えるべきことだったんじゃないの」私は厳しく言った。

「本当にそうね」彼女は答えた。「いまさら考えてもしょうがない。でもね、お母さん、私をカスタリアなんて名前にしなきゃよかった」[*15]

「ああカスタリア、あなたのお母さまはいったい――」私がそう言いかけたので、彼女はカラシの小瓶に手を伸ばした。

「いいえ、やめましょう」彼女はそう言って首を振った。「もしあなたが純潔な女の人だったら、私を見てすぐ悲鳴を上げたはず。でもあなたは部屋の向こうから走ってきて私を抱きしめた。駄目よ、カッサンドラ。私たち、どっちも純潔なんかじゃない」そして私たちは話を続けた。

そのあいだに、部屋は満員になりつつあった――その日は観察結果を話しあうことになっていたのだ。カスタリアのことを、みんなも私と同じように感じているらしかった。みんなが彼女にキスして、また会えてうれしいと言った。やがて全員が集まり、ジェインが立ち上がって始めましょうと言った。ジェインは最初にこう言った。この五年間、私たちは質問を重ねてきた、結論らしい結論はまだ出なくてもしかたがないけれど――ここでカスタリアは私をつついて、それはどうかなとささやいた。それから彼女は立ち上がり、ジェインの話をさえぎって言った。

「話の途中だけど、私は知りたい――私、この部屋にいてもいいかな？」彼女は言葉を継いだ。「だって告白しないといけないの。私、純潔とは言えない女になりました」

みんなはあっけにとられて彼女を見た。

「お腹に赤ちゃんがいるのね？」ジェインが尋ねた。

彼女はうなずいた。

みんなの顔にはいろいろな表情が浮かび、それはめったに見られない光景だった。ザワザワとささやきが部屋に満ち、私には「純潔とは言えない」「赤ちゃん」「カスタリア」などの言葉が聞き取れた。ジェインは――彼女もかなり動揺していたけれど――私たちに尋ねた。

「出て行ってもらわないといけない？　カスタリアは純潔とは言えないかな？」

路上でよく耳にするような大音響が部屋に満ちた。

「違う！　違う！　違う！　ここにいていい！　純潔とは言えない？　却下《きゃっか》！」でも私には、いちばん年下の十九歳や二十歳の人たちは、恥ずかしくて本音を言い出せずにいるように思えた。それからみんなはカスタリアのまわりに集まって、いろいろ質問を始めた。そして最後に、それまでうしろのほうにいた最年少の一人が、恥ずかしそうに近づいてきて彼女に話し掛けた。

「では純潔って何なの？　つまり、いいもの？　悪いもの？　それとも何でもないもの？」カスタリアはとても低い声で答えたので、何と言ったのか、私には聞き取れなかった。

「ねえ、私はショックだったのよ」最年少のもう一人が言った。「十分くらいはね」

「私に言わせれば」ロンドン図書館でいつも読書をしているせいで無愛想になってきたポルが言った。「純潔とは無知以外の何物でもなく、まったくもって恥ずべき心理状態に他ならない。私たちの会にも、純潔じゃない人しか入会を認めるべきじゃない。会長はカスタリアでどうかな」

これには激しい反論が沸き起こった。

「この女の人は純潔、あの女の人は純潔じゃないなんて、決めつけるのは不公平かもね」とポル。「機会がないだけの人もいるしね。それにカスタリアだって、たんに知識を得たくて行動に出たわけじゃないだろうし」

「彼はまだ二十一歳で、神々しいくらい美しいの」大げさな身振りを交えながらカスタリアが言った。

「提案する」とヘレン。「純潔とか純潔じゃないとかは、恋している人だけしか話しちゃいけない」

「そんな無茶な」と、科学の諸問題を調査していたジュディス。「私、恋をしてはいないけれど、法令で売春女性を不要にして、乙女の妊娠を可能にする方法について説明したい」

ジュディスの説明では、地下鉄の駅や公共保養地に施設を作ればいい、とのことだった。そこでは少しお金を払えば、国家の衛生が保たれ、息子たちが宿泊でき、娘たちが悩みから解放される。それから彼女は、密閉した試験管に未来の大法官だとかの精子を入れて保管しておく方法を提案した。[*16]「あるいは詩人だとか画家だとか音楽家だとかのもね。ただしそういう種類の人たちが全滅していなかったら、そして女性がまだ子どもを産みたかったらの話だけど――」

「もちろん、私たちは産みたいのよ！」カスタリアがじれったそうに叫んだ。ジェインはテーブルをコツコツと叩いた。

「それを考えるために集まったのよ」彼女は言った。「五年間、人類の存続がいいことかどうかを見極めようとしてきた。カスタリアは私たちより先に結論を出した。でも他のみんなはまだ決めていない」

　ここで、調査してきた人たちが代わる代わる立ち上がって報告をした。文明の驚異は予想をはるかに超えていた。これまで知らなかった数々のこと――男の人が空を飛び、空間を超えて会話をし、原子核に分け入り、宇宙全体を射程に入れた考察を行っているということ――を知り、私たちの唇からは称賛のつぶやきが漏《も》れた。

「誇らしい」私たちは叫んだ。「こういう大目的のために、お母さんたちは青春を捧げたのね！」傾聴していたカスタリアは、だれよりも誇らしげだった。それからジェインが私たちにはまだ学ぶべきことがたくさんあると言ったので、カスタリアは早くしてよとせっついた。私たちは膨大な統計を紐解《ひもと》いて学んだ――イングランドには×百万の人々がいて、つねに飢えているのは××パーセント、刑務所にいるのは××パーセント、労働者階級の家庭は平均××人、出産時にかなりの女性が合併症で亡くなるということ。工場へ、小売店へ、スラムへ、造船所へと赴《おもむ》いた報告が読み上げられた。株式取引所がどんなところか、シティの巨大社屋、政府官庁がどんなところか解説がなされた。イギリスの植民地が議論になり、インド、アフリカ、アイルランドでの我らが統治について報告がなされた。カスタリアの横に座っていた私は、彼女がそわそわしているのに気づいた。

「こんな調子だと、いつまでたっても結論にたどりつけない」彼女は言った。「文明って最初に思っていたよりずっと複雑そうだから、最初の質問に戻ったほうがいいんじゃない？　私たちが合意したのは、よい人間とよい本を生み出すのが人生の目的ということだった。それなのに飛行機とか工場とかお金の話ばかり。男たち、そして彼らの技能について話しましょうよ、それが核心なんだから」

そこで男性と二人で食事をしてきた組が、質問への回答の書かれた細長い紙を手に進み出た。それらの質問は、かなりの熟考のすえ投げ掛けられたものだった。よい人間とは何はともあれ正直で情熱に満ち、そして俗世間から超越している――という合意はできていたけれど、個別の男性がそういう性質を持っているかどうかは、質問を、しかもしばしば遠まわしな質問を重ねることでしか浮かび上がってこなかったのだ。ケンジントン[*17]の住み心地はどうですか？　息子さんの学校はどちらですか――そしてお嬢さんは？　ところで教えてくださいませんか、その葉巻にどのくらいお金をかけていらっしゃいますか？　ええっと、ジョゼフ卿って准男爵でしたっけ、それとも一代かぎりの勲爵士でしたっけ？　こうした些《さ》細《さい》な質問のほうが、より直接的な質問よりも明らかになる事柄が多いということもよくあった。「私が爵位をいただくことにしたのはですね」と、ブンカム卿は言った。「妻がそう望んだからなんです」どのくらい多くの爵位がこれと同じ理由で受けられたものか、覚えていられないくらいだった。「僕みたいに、一日二十四時間のうち十五時間も働いているとだね」専門職にある男性一万人が、そう言って口火を切るのだった。

「ああ、それではもちろん読んだり書いたりできませんね。でもどうしてそんなに頑張って働いていらっしゃるんですか？」

「それはあなた、子どもの数も増えるからね――」

「でもどうして増えるんですか？」

　これも奥さまがお望みなのかもしれないし、大英帝国がお望みなのかもしれなかった。でも回答だけでなく、回答の拒絶も意味深長だった。道徳と宗教に関しては、質問をしようにも回答する男性はごくわずか、回答したとしても真剣味に欠けていた。お金と権力についての質問は、ほとんどいつも決まって脇に退《の》けられるか、質問する側に深刻なリスクが伴うことになった。「私にはわかる」とジル。「ハリー・タイトブーツ卿に資本主義システムについて質問してみたけど、もしも卿が羊肉を切り分けているときでなかったら、[*18]卿は私の喉を掻き切っていただろうと思う。私たちが九死に一生を得たのは、男性たちがとても空腹だったのと、そして同時にとても慇懃《いんぎん》だったから。私たちを軽蔑しきっているから、私たちが何を言おうと気に留めないのよ」

「もちろん彼らは私たちを軽蔑している」と、エレノア。「でも、このことはどう考えるかな

――私は芸術家について調べたの。ねえ、女が芸術家になったことはない。ポル、そうじゃな

い?」

「ジェイン――オースティン――シャーロット――ブロンテ――ジョージ――エリオット[19]」ポ

ルはまるで裏通りを歩くマフィン売りみたいに呼ばわった。

「女なんて!」だれかが野次った。「女なんて、退屈だよな!」

「サッフォー以降、一流の女性は登場していない――」エレノアは週刊誌を読み上げた。[20]

「サッフォーがホブキン教授の下衆《げす》な捏造《ねつぞう》っていうのは、すっかり有名になったお話でしょ」

と、ルース。

「ともかく、書ける女がこれまでに存在したとかこれから出てくるだろうとか、言えるだけの

根拠は何もないのよ」エレノアは続けた。「でもね、作家のところに行っても、みんなご自分

の本のことしか話さない。傑作ですね! とか、まさにシェイクスピア!って言うと(だって

何か言わないといけないでしょ)、みんな私の言葉を信じるの」

「だからって、何かわかったことにはならない」と、ジェイン。「作家ってみんなそんなもの

でしょ」彼女は溜息をついた。「あまり私たちの役には立たないみたいね。たぶん次にいまど

きの文学について検討するといいんじゃないかな。エリザベス、あなたの番よ」

エリザベスは立ち上がって、調査のために私は男装して、書評家として過ごしてみた――と言った。

「この五年間、私は新刊書をかなり万遍なく読んだ」と彼女。「ウェルズ氏が、存命中の作家の中ではいちばんの人気ね。次がアーノルド・ベネット氏で、その次がコンプトン＝マッケンジー氏。マッケナ氏とウォルポール氏はひと括りにしていい[*21]」それだけ言って、彼女は座った。

「でも、まだ何も話してないじゃない！」私たちは彼女を諭《さと》した。「それとも、いま挙げた男の人たちが、ジェインからエリオットまでを完全に超えているって言いたいの？　そしてイギリスの小説は――あなたの書評はどこ？　ああそう、『彼らの手に安心して委ねていい』ってことなのね」

「安心、実に安心」彼女はそう言いながらも、不安そうに足踏みした。「それに、きっと受け継いだ以上のものを残してくれる」

私たちもそれはそうだろうと思った。「でも」私たちは踏みこんだ。「よい本を書いているの？」

「よい本？」彼女は言って、天井を仰いだ。「覚えておいてちょうだい」と、彼女はひどく早口でまくしたてた。「小説って人生の鏡なのよ。それに教育が最高に大事っていうのも否定できない。ブライトン[*22]でたった一人、夜もとっぷり更けて、どの宿に泊まるのがいいのかもわからない、それも雨降りの日曜の夜ともなれば――映画館に行くほうが素敵じゃない？」

「でもそれって何の関係があるの？」と私たち。

「何も――何も――何もないけど」というのが彼女の返答。

「ねえ、真実を教えてよ」と私たち。

「真実？　でも素晴らしいと思わない？」彼女は話をそらした。「チッター氏はこの三十年、愛だとか熱々のバタートーストだとかについて毎週原稿を書いて、それでご自分の坊ちゃんたちを全員イートン[*23]に行かせたのよ――」

「真実を！」私たちは要求した。

「真実なんて」彼女は口ごもった。「真実なんて文学とは何の関係もありません」そして座って、もうひと言たりとも答えようとしなかった。

それじゃあとても結論とは言えないなと、私たちは思った。

「みなさん、結果をまとめましょう」ジェインが言いかけたそのとき、開けた窓の向こうから、しばらく聞こえていた喧騒が大きくなって彼女の声をかき消した。

「戦争だよ！　戦争だよ！　戦争だよ！　宣戦布告だよ！」下の街路で男たちが叫んでいた。[*24]

恐怖におののいて、私たちは顔を見合わせた。

「何の戦争なの？」私たちは大声を上げた。「何の戦争なの？」遅まきながら、下院[*25]にはだれも見学にやらなかったことを私たちは思い出した。すっかり忘れていたのだ。私たちはポルのほうに向き直った。ロンドン図書館の歴史の棚にたどり着いていた彼女に向かい、教えてほしいと頼んだ。

「どうして男たちは戦争に行くの?」私たちは叫んだ。

「それは場合によりけりよ」彼女は穏やかに答えた。「たとえば一七六〇年には――」外の騒ぎが彼女の言葉を呑みこんでしまった。「それから一七九七年には――一八〇四年には――。一八六六年にはオーストリア人が、一八七〇年にはフランスとプロシアの関係が――。一方で一九〇〇年には[26]――」

「でもいまは一九一四年なのよ!」私たちは彼女をさえぎった。

「ああ、彼らがいま何のために戦争に行こうとしているのかは、私にはわからない」彼女はそう白状したのだった。

＊　＊　＊

戦争が終わり、講和条約が調印されようとしていた頃[27]、かつて会合をしていた部屋に、私はもう一度カスタリアと二人でいた。私たちは昔の議事録を何となくめくった。「変なものね」私は感慨にふけった。「五年前に考えていたことをこうやって見るなんて」

「私たちは合意した」私の肩越しに、カスタリアは議事録を読み上げた。「人生の目的とはよい人間とよい本を生み出すことである」そのことについては、私たちは感想を控えた。「よい人間とは何はともあれ正直で情熱に満ち、そして俗世間から超越している」

「いかにも女が言いそうなこと!」私は言った。

「ああもう」カスタリアは議事録を押しやって叫んだ。「私たち、馬鹿だった! 全部ポルのお父さんのせいよ」彼女は続けた。「ポルのお父さん、意図的に仕組んだんだと思う——馬鹿げた遺言を残して、ロンドン図書館の本をポルに全部読ませて。もしも読むことを学んでいなかったら」彼女は苦々しげに言った。「何も知らないで子育てをしていたでしょうし、やっぱりそれは最高に幸せな生活だったと思う。あなたが戦争のことで何を言いたいかはわかる」彼女は私を制した。「育て上げた子を殺されるのは恐ろしい。でもお母さんの世代も、そのお母さんの世代も、そのまたお母さんの世代もそうやってきたのよ。そして文句一つ言わなかった。読めなかったからね。私、できるかぎり頑張ってるのよ」彼女は溜息をついた。「娘には字を読ませないようにしているの。でも無駄ね。昨日、アンは新聞を握って「これ、ほんと？」って私に訊いたの。次にロイド・ジョージ[28]はよい男の人？　って訊くでしょうし、その次にアーノルド・ベネット氏はよい小説家？　とか、しまいにはお母さんは神さまを信じているの？　なんて訊くでしょう。何も信じない娘を育てるなんて、私にはできない」彼女は訴えた。

「男は知性において根本的に女より優れていて、これからもずっとそれは続いていく——って、そう教えたらどうなのよ？」と、私は言ってみた。[29]

　この発言に彼女は表情を緩《ゆる》ませ、昔の議事録をもう一度めくった。「そうね」彼女は言った。

「彼らの発見、彼らの数学、彼らの科学、彼らの哲学、彼らの学問について考えるとね——」そこで彼女は笑い出して「老ホブキン教授とヘアピンのこと、私は絶対忘れられない」そう彼女は言い、そうやって読んだり笑ったりしていたので、私はてっきり彼女が楽しんでいると思ったけれど、そのとき唐突に彼女は議事録を押しやって叫んだ。「ああ、カッサンドラ、どうしてあなたは私をいじめるの？　男の知性を信じるのが最大の誤謬《ごびゅう》だってこと、あなたにはわからないの？」

「何ですって？」私は叫んだ。「だったらジャーナリストとか、学校の先生とか、政治家とか、イギリス中のパブのご主人とかに訊いてみなさいよ。みんながみんな、男のほうが女よりはるかに賢いって教えてくれるでしょ」

「まるで男たちは賢くないって私が思っているみたいな言いかただけど」彼女は嘲《あざけ》るように言った。「彼らは賢くなる以外ないじゃないの。太古の昔から女たちが彼らを育て、食べさせ、楽にさせてきたんだから、賢くならないわけないのよ──他に取りえが全然ないとしてもね。全部私たちの自業自得なのよ！」彼女は叫んだ。「私たちは知性を得たいと主張し、そして手に入れた。そしてその知性こそが」彼女は続けた。「最低なのよ。知性を身につける前の男の子がどんなに魅力的かわかる？　見た目も美しい。威張らない。芸術や文学の意味を本能的に理解している。自分の人生を楽しんでいるし、他の人にも人生を楽しんでもらおうとする。それなのに、みんなはその子に知性を身につけなさいと教える。男の子は弁護士とか公務員とか将軍とか作家とか教授になる。毎日、会社に行く。毎年、本を出す。自分の頭脳を使って生み出したもので家族を養っていかないといけない──かわいそうにね！　やがて彼が部屋に入ってくると、みんなが窮屈な思いをするようになる。彼は会う女すべてに慇懃に振舞い、妻にだって本音を言わない。そんな彼をもう一度私たちが抱きしめることがあるとしても、もう彼の姿が私たちの目を楽しませることはなく、私たちは目を閉じていないといけない。ご本人はいろんな形の星章とかいろんな色のリボンとか高かったり低かったりの収入を、ご自分の慰めにできる。でも私たちにとっての慰めは？　十年後にラホール[*30]に旅行して週末を楽しむこと？　日本の小さな昆虫――体長より二倍は長い名前を付された昆虫――の標本を手に入れること？　ああカッサンドラ、男たちに出産してもらう方法を何とかして考案しましょう。それ以外にチャンスはないのよ。だってそういう手垢《てあか》のついてない仕事をさせなかったら、よい人間もよい本も手に入らず、彼らの途方もない活動の成果のせいで全員が絶滅して、かつてシェイクスピアという人がいたという事実を知ってる人間もいなくなる！」

「もう手遅れよ」私は答えた。「いまの子どもたちにだって、そんな手は打ってあげられない」

「それなのに私に知性を信じなさいって言うの」彼女は言った。

私たちが話しているあいだも、外では男たちがくたびれたような嗄《しわが》れ声で何事かを叫んでいた。耳を澄ますと、講和条約が調印されたということだった。声は小さくなっていった。雨が降っていたので、お祝いの花火を華々しく打ち上げるわけにもいかないようだった。

「料理係が新聞の号外を持ち帰るから」カスタリアが言った。「アンは紅茶をいただきながら、号外を読んでみようとするんじゃないかな。うちに帰らないと」

「どうしようもないのよ――ほんと、どうしようもないのよ」私は言った。「アンがいろいろ読み始めるようになったら、アンに信じていいって教えてあげられるものは一つしかない。つまりね、自分を信じなさいって教えるしかないのよ」

「そうね、それは変化と言えるかも」カスタリアは言った。

そこで私たちは協会の書類を掻き集め、お人形で幸せいっぱいに遊んでいたアンにその書類をおごそかに献呈し、あなたは質問協会における未来の会長に選ばれましたと告げた——それでアンはかわいそうに、わっと泣き出してしまったのだった。

Monday or Tuesday

月曜か火曜

面倒だな、俺には関係ないなという調子で、アオサギは翼を楽々と羽ばたかせて空《くう》を切り、なじみの経路で教会の上空を飛んでいく。白くかすんだ空はご自分のことだけにかまけて、いつまでも隠したり、見せたり、動かしたり、あとに残したりしている。これは湖でしょうか？岸辺をぼかしてみましょう！ これは山？ あら、完璧じゃないの――山の斜面にちょうど金色の太陽が懸《か》かって見える。それも隠してしまいましょう。お次はシダ、それとも白い羽根でしょうか、そうやっていつまでも繰り返している――

真実を求めてじっと待つ、苦心して二、三語絞り出す、そうやっていつまでも求めている――(左側で叫び声が上がり、右側でも別の叫び声が上がる。道を曲がろうとした車がもう一台と衝突してしまった。混乱の中で、バスが次々と立ち往生する)――それでもいつまでも求めている――(時計が十二回、はっきり音を区切ながら鳴り、いまこそ正午なりと告げる。光が金粉を落とし、子どもたちが群れをなす)――それでも真実をいつまでも求めている。赤いのは丸屋根、コインが樹々にキラキラ掛かり、あちこちの煙突から煙がたなびき、犬が吠え、人が叫び、「鉄屑はありませんか」と呼ばわる声——でも真実はどこだろう?

　男たちの足も、女たちの足も、黒い靴も、金色の型押しヒールも爪先まできらめかせて——(霧が出てきましたね——お砂糖はいかがですか?　いいえ、けっこうです——将来の連邦[*31]は)——暖炉の炎がパチパチはぜて、黒い影とその輝く瞳を残し、室内を赤く染め上げる。その頃、外では小型トラックが走り出し、ミス・シンガミーは作業机でお茶にする。毛皮のコート類はガラスの奥に保管済み——

　木の葉のように翻弄され、隅に吹き寄せられ、舞い上がって車を越え、銀色にキラリと光り、もとの場所に戻ったのもそうでないのも集められ、散らされ、大なり小なり無駄にされ、掃き寄せられ、収められ、破かれ、平らにされ、組み合わされ——それで、真実は?

　ならば暖炉のそばに座って、白い大理石のタイルを見ながら考えましょうか。象牙色のタイルの奥から言葉が浮かび上がり、黒い色を振り落とし、花のように咲き誇る。本は落ちてしまった——炎の中に、煙の中に、さっと舞い上がる火花の中に。あるいは航海に乗り出しましょうか。大理石のタイルは垂れ下がって尖塔になり、インド洋がうねり、何もなかった空間がさあっと青くなって星々がまたたく——真実は?　あるいはもう、こぢんまりして心地いいから、もういいことにしましょうか?

　面倒だな、俺には関係ないなという調子で、アオサギが戻ってくる。空は星々にヴェールをかけ、また外して星々を見せる。

An Unwritten Novel

書かれなかった小説

いかにも不幸そうな表情を浮かべていたので、私は新聞の端から視線をずらし、そのかわいそうな女の人の顔を見た――そんな表情がなければ何の変哲もない顔、でもその表情のせいでほとんど人の運命の象徴と化してしまった顔を。人の目つきからは人生が見えるものだ。人は人生について学び、いったん学んでしまうと、さりげなくふるまってはいても、いつだって気づいてしまう――何に気づくのかって？　たぶん、人生なんてそんなものということに。向かい側には五つの顔、中高年に達した五つの顔が並び、どの顔も人生のことはよく知っていますという様子。でもおかしい、みなさん隠したがっている！　どの顔にも慎《つつし》みが刻まれている。唇を閉じ、目を伏せて、ご自分の知識は隠すかどうでもいいもののように装いながら何かしている。一人目は煙草を吸っている。二人目は新聞を読んでいる。三人目は手帳のメモを確かめている。四人目はこちら側に掲げてある額入りの路線図を眺めている。五人目は――恐ろしいことに五人目の女の人は何もしていない。人生を見ている。ああ、だけどかわいそうな不運な貴女《あなた》、どうかちゃんとしてください――私たち全員のためにちゃんと隠してくださいよ！

私の言葉が聞こえたみたいにその女の人は顔を上げ、座席の上でわずかに身じろぎして溜息をついた。まるでごめんなさいと言いつつ、「貴女もご存じだったらねえ！」と言っているみたいだった。それからまた彼女は人生を見た。「でも私だって承知していますよ」と、失礼にならないように『タイムズ』紙に目をやりながら、私は心の中で答えた。「人生のやり口ならすべて承知しています。『ドイツと連合国の講和条約は、昨日パリにて公式に批准《ひじゅん》された――イタリアのニッティ首相は――ドンカスターでは旅客列車が貨物列車と衝突[*32]……』私たち全員が承知しています――『タイムズ』が承知しています――だけど知らないふりをしているんです」私の視線はもう一度、新聞の端からさまよい出ていた。彼女はブルッと身震いをして、腕を背中の真ん中のほうに変な具合にひねって頭《かぶり》を振った。それでもう一度、私は人生の我が巨大貯蔵庫の中を探った。「どれでもお好きなものをお選びください」と私は続けた。「だれかの誕生、死去、ご成婚、王室ニュース、鳥の習性、レオナルド・ダ・ビンチ、砂丘殺人事件[*33]、高賃金、生活費――ほら、お好きなものをどうぞ」私は繰り返した。『タイムズ』には何でも掲載されているんです！」すると彼女はもう一度、すっかりうんざりなのよというように何度も大きく頭《かぶり》を振った。そして独楽《こま》がひとしきり回って止まるように、頭は首の上のもとの位置で止まった。

　彼女のそんな不幸に際し、『タイムズ』は何の支えにもならなかった。でも他の人の手前、話もできなかった。人生に刃向かう最善の方法は、新聞を完璧な正方形に畳んで、人生など受けつけない鈍器にすること。こうして自分仕様の盾で武装した私は、さっと顔を上げた。彼女は私の盾など貫いてしまった。私の両目をじっと覗きこみ、その瞳の奥に勇気のかけらが一つでも残っているなら、湿らせて泥にしてあげましょうと言わんばかりだった。彼女は腕をひねった。それだけであらゆる希望が消え、あらゆる幻が色褪《あ》せてしまった。

そうこうしながら私たちはサリー州をガタゴトと走り抜け、州境を越えてサセックス州に入った。[*34] 人生に視線をやっていたせいで私は気づいていなかったけれど、他の乗客たちは一人また一人と降り、新聞を読んでいる男性以外、彼女と私だけになっていた。スリー・ブリッジズ駅。プラットフォームに向かってスピードを落とし、停止した。あの男性、私たち二人を残して降りていくだろうか？ 私はどうか降りてくださいとも、どうか乗っていてくださいとも祈った——最後にはどうか乗っていてくださいと祈った。するとその途端、男性は立ち上がり、新聞をもう用済みというように無造作に丸め、ドアをバンと開け、私たち二人だけを残して降りていった。

その不幸な女の人はちょっと身を乗り出して、青白い顔で淡々と話しかけてきた。さまざまな駅のこと、休日のこと、イーストボーン[*35]にいるご兄弟のこと、その時分の季節のこと——それが年始だったか年末だったかも、いまとなっては忘れてしまったけれど。でも、やがて人生だけを見ていると私にはわかる目つきで窓の外を眺めながら、「離れている——それが欠点なのよ——」とつぶやいた。そう、私たちは問題の核心に迫っていた。「わたしの義理の妹はね」と苦々しげに、まるで包丁ですっぱいレモンを切るみたいな調子で口にして、私にというより自分に向かってつぶやいた。「どうでもいいじゃないって言うの——それでみんなも同じことを言うんです」彼女はそう話しながら身をよじった。それはあたかも背中の皮膚が、毛をむしられ肉屋の窓辺に吊るされた鶏の皮になったみたいな仕草だった。

「ほんとにもう、あの雌牛ったら！」と、彼女はいらだたしげに話を打ち切った——まるで草地にじっとしているあの大きな雌牛にはびっくりした、でも雌牛にかこつけて話を打ち切ることで醜態《しゅうたい》をさらさないで済む、というふうだった。それからブルッと身震いをして、さっき見たあのぎこちない動作、つまり発作《ほっさ》のあとで両肩のあいだの背中の一点がヒリヒリするかむずがゆくなったという感じの動作を繰り返した。それから世界でいちばん不幸な女はこのわたしですという様子にまたなったので、私ももう一度、自信は薄れていたものの、彼女をとがめた。だって何か理由があるのなら、私に理由を教えていただけるのなら、そんな傷《スティグマ》は人生から取り除けるのではないですか、と思ったのだ。

「義理の妹さんは」と、私は言いかけた——

彼女の唇は、世界に毒を吐きかけてやりたいみたいにすぼまった——すぼまって、そこで止まった。その代わり彼女がしたのは、片方の手袋を外して、窓ガラスの汚れをせっせと手でこすることだった。まるで何か——何かの曇り、何かの消えにくいしみ——をすっかり拭い去ってしまいたいという勢いだった。でも、せっせとこすっても汚れは消えなかったので、彼女はブルッと身震いして深く座りなおし、予想どおり腕をひねった。何かに突き動かされて私も片方の手袋を外し、近くの窓をこすった。私の近くにも小さな汚れがあった。せっせとこすっても汚れは消えなかった。すると発作が私の体をめぐり、私は腕をひねり、背中の真ん中のほうを引っ掻こうとした。私の皮膚も、肉屋の窓辺に吊るされた、じっとり湿った鶏の皮になった気がした。両肩のあいだの背中の一点がむずがゆくなって、ムズムズ、ジクジク、ヒリヒリした。手が届くかな？　こっそりやってみた。彼女が私を見た。限りない皮肉と限りない悲哀のこもった微笑が、彼女の顔をよぎって消えた。ともあれ彼女は接触してきて、秘密を明かしてくれ、毒まで寄越してきた。もうこれ以上は話さないだろう。私は片隅で背もたれに背中を預け、彼女の視線から逃れ、丘とか窪みとか、灰色とか紫色とかの冬景色だけに目をやりつつ、彼女のメッセージを読んだ。彼女の眼差しのもと、彼女の秘密を解読したのだ。

義理の妹さんの名前はヒルダ。ヒルダ、ヒルダ、名字もつけるならヒルダ・マーシュだろうか。ヒルダは溌溂《はつらつ》とした、ふくよかな胸の女主人タイプ。タクシーが家に近づくと、小銭を手に玄関の前に立つ。「かわいそうなミニー姉さん、ますますキリギリスみたいになっちゃって——去年も着ていた古い外套《がいとう》だ。でもまあ、私も二人の子持ちだから、これ以上はできない。いいえミニー姉さん、お金はここにあるの。運転手さん、どうぞ——どうかそうさせてちょうだい。ミニー姉さん、中に入ってくださいな。あら、姉さんのバスケットも軽いけど、姉さんの体も持ち上げられそうよ！」そして二人は食事室に入る。「子どもたち、ミニー伯母さんよ」

突き立っていたナイフとフォークが、じわじわと横向きになる。子どもたち（ボブとバーバラ）は椅子を降り、ぎこちなく手を差し出す。それからまた椅子に戻り、また食べ物を口に運びながら、その合間にじっと見つめる。［でもこの辺は省略しよう。装飾とか、カーテンとか、磁器の三つ皿とか、黄色い長方形のチーズとか、白い正方形のビスケットとかは省略で——あ、でも待って！　昼食を半分まで食べ終わったときに彼女は例の身震いをする。ボブがスプーンを口にくわえたまま、じっと見る。「ボブ、プディングを食べてしまいなさい」と言いながらもヒルダは不満そう。「姉さん、いったい何だって腕をひねるのかしら？」省略、省略、階段を上がって踊り場へ。階段には真鍮《しんちゅう》の滑り止めがついていて、床のリノリウムは擦《す》り減っている。そしてほら！　小さな寝室からはイーストボーン一帯の屋根が見える――ジグザグの屋根は毛虫の背中みたいに連なって、紺色のスレート瓦に、ところどころ赤と黄色の縞模様がついている」

さあミニー。ドアが閉まって、ヒルダはバタバタと地階に下りていく。貴女はバスケットの留め金を外し、ベッドの上に質素なナイトガウンを広げて、ファーのついたフェルトの室内履きを揃えて立て掛ける。姿見がある――でも貴女は姿見を見ない。何かの順番に沿ってハットピンを外す。たぶんあの貝飾りの箱には何か入っているんじゃないの？　貴女は振ってみる――入っているのは去年置いていった真珠のカフスボタンが一個――ただそれだけ。それから鼻をグズグズ言わせ、溜息をつきながら窓辺に座る。十二月の午後三時、霧雨が降っている。服飾店の天窓の下のほうから明かりが漏れている。家事使用人の寝室の上のほうでも明かりがついている――でも消えてしまう。するともう見るものもない。ふと何もなくなる――そんなとき貴女は何を考えるんだろう？（向かい側の彼女をちらっと見ると、眠っているか、眠ったふり。午後三時に窓辺に座るとき、この人は何を考えるんだろう？　健康のこと、お金のこと、丘のこと、それとも神のことだろうか？）

ああ、それならそうしよう、ミニー・マーシュは椅子に浅く腰かけたまま、イーストボーンの屋根の連なりを見ながら神に祈る。それがいい。そして神がもっとよく見えるように、また窓ガラスをこするかもしれない。でも、どんな神を見るんだろう？　ミニー・マーシュの神、イーストボーンの裏通りの神、午後三時の神ってどんなだろう？　私も屋根の連なりを眺め、空を見上げてみる。でもね――神さまを拝むってどんなかな！　アルバート公よりクリューガー大統領に似た神[*36]――私が思い描くのはせいぜいそんなところ。椅子に座らせ、黒いフロックコートを着せ、あまり高くない位置に据えてみる。雲を一つか二つ浮かべて、そこに座らせてもいい。雲間から覗く手には笏《しゃく》だか職杖《しょくじょう》だか、黒くて太くてトゲのついたのを握らせる――昔ながらの無慈悲な暴君――それがミニーの神！　むずがゆいとか汚点とか腕をひねるというのは、この神の計らいだろうか？　だから彼女は祈るんだろうか？　窓ガラスでこすっているのは罪の汚れか。わかった、彼女は何か犯罪に手を染めたことがある！

どんな犯罪がいいだろう。森がすっと飛び去っていく――夏にはブルーベルが咲くだろうか。向こうの原っぱでは、春になると桜草が咲くだろうか。二十年前にだれかと別れたとか？　誓いを破って？　ミニーにかぎってそれはないかな！……裏切らない女性だ。お母さんを最期《さいご》までよく看取った！　貯金をすっかりはたいて墓碑を建て、花輪にガラスの覆いをかけ、ダフォディルを花瓶に挿した。でも話をもとに戻さないと。犯罪……。人は彼女が悲しみを抱えている、秘密を隠し持っていると言うだろう。科学通の人なら性の抑圧があると言うだろう。でも、よりによって彼女に性を結びつけるなんて馬鹿みたいだ！　いいや――むしろこんなじゃないかな。二十年前、彼女がクロイドン*37を歩いていたら、布地屋のウィンドーで紫のリボンが照明を受けてきらめいているのが目に入った。彼女はためらう――もう六時を過ぎている。でも走って帰ればいいか。ガラスのスイングドアを押して店内へ。

セール中。底の浅いトレイがいくつも並び、リボンが溢《あふ》れ出している。立ち止まってこちらのリボンを引っ張り、薔薇模様の浮き上がったあちらのリボンを引っ張る――選ばなくていい、買わなくていい、どのトレイにも思いがけない驚きがある。「七時まで開いていますよ」と言われ、そして本当に七時になってしまう。彼女は走り、全速力で家にたどり着くけれど、ときはすでに遅い。近所の人たちが集まっていて――医者がいて――弟はまだ赤ん坊で――やかん――大やけど――病院――死んだ――いや、そうなったらどうしようと慌てただけ、叱られただけにしようか? ああ、でも詳細なんてどうでもいい! とにかく彼女には背負っているものがあって、汚点だか犯罪だか贖罪《しょくざい》すべきことだかが、つねに両肩のあいだに載っている。「そうなのよ」と、彼女は私にうなずいているみたい。「そんなことをしでかしました」

貴女がしでかしたかどうか、そもそも何をしでかしたのかも、私には大したことじゃない。そんなことが知りたいわけじゃない。紫のリボンを垂らした布地屋のウィンドー――それで充分。ちょっと安っぽい、ちょっと凡庸《ぼんよう》だろうか――よりどりみどりの犯罪から選べるというときに。でも実にたくさんの(もう一度、向こうをちらっと見てみようか――まだ眠っているか、眠ったふり! 青白いくたびれた顔、唇はぴったり閉じている――思ったより頑固なのかも――性の抑圧はなさそう)――実にたくさんの犯罪が、貴女向きじゃない。貴女の犯罪は安っぽいけれど、その報いは重い。だってほら、教会のドアが開くと、硬い木の信者席が彼女を待ち受けている。茶色のタイルの上に跪《ひざまず》いて、毎日、冬も夏も夕方も明け方も（彼女は勤勉だから）祈る。彼女の犯したあらゆる罪が、しんしん、しんしんしんと、永遠に降り積もる。背中の一点がそれらの罪を受け止める。その一点は盛り上がって赤くなって灼《や》けつくよう。それで彼女は腕をひねる。小さな男の子たちが指を差す。「今日のお昼どきはボブが」――でも中高年の女性のほうが、たちが悪い。

実際、貴女はもう座って祈ってなどいられない。クリューガーは雲間に沈んだ――画家が透明な灰色をひと塗りしたみたいに洗い流された。画家が少しだけ載せたみたいな黒、職杖の先も、やがて見えなくなった。いつだってこうなのよね！　神さまのお姿が見えた、じかに感じられたというときに決まってだれかが邪魔をする。いまはヒルダが邪魔をする。

貴女はヒルダが大嫌い！　ヒルダは夜どおし浴室に鍵をかけたりする――貴女がほしいのは冷たい水だけ、眠れない夜のあと、水を使っていくらかすっきりしたいだけなのに。朝食の席にはジョンがいて――子どもたちもいて――食事どきは最悪、それに一家の友人たちが同席することもある――葉蘭《はらん》が彼らをすっかり覆い隠してくれるわけじゃない――彼らはいろいろ憶測する――だから貴女は外出して、桟橋《さんばし》を歩く。波は灰色、新聞紙は風に舞い、ガラス張りの休憩所は青錆《あおさび》だらけで隙間風が入るし、デッキチェアの席料は二ペンス――高すぎる――砂浜にはしつこく話しかけてくる人たちもいる。ああ、あれは黒人――あれはピエロ――あれはインコを連れた男の人――気の毒な人たちね！　神さまのことを考える人はいないのでしょうか？――すぐそこの上空、桟橋の上で、笏を持って――いいえ駄目――空は一面の灰色、青空が覗いても白い雲が神さまを覆い隠してしまう、それに音楽――軍楽――も聞こえてくる。あの人たちは何を釣ろうとしているんでしょうか？　釣れるんでしょうか？　子どもたちがじっと見つめてくる！

　ええっと、それなら引き返して帰りましょう――「引き返して帰りたまえ！」――言葉が一つひとつ意味を帯びて、まるで頰髯《ほおひげ》のあちらのご老人が喋ったみたい――いいえ、本当に喋ったわけじゃない――でもあらゆる物事には意味がある――出入り口に立て掛けられた看板も――お店の窓の上に掲げられた名前も――籠の中の赤い果物も――美容室の女の人たちの頭も――みんながみんな「ミニー・マーシュ！」と言っている。でもここでギュッと引き戻される。「卵がいつもより安いのね！」いつだってこうなのよ！　彼女を滝の上に連れていこう、まっすぐ狂気に追いやろうとしていたのに、夢の中で羊の群れが言うことをきかなくなるみたいに、彼女はそっぽを向いて私の指先をすり抜けていく。卵がいつもより安いのね、か。気の毒なミニー・マーシュはこの世の岸辺にしっかりつながれているから、犯罪も、悲しみも、高らかな語り《ラプソディ》も、狂気も似合わない。昼食には無遅刻だし、嵐の前にはかならずレインコートを用意するし、卵の安売りに気づかないほど我を忘れたりはしない。そうやって彼女は帰りつく――ブーツの泥を丁寧に落とす。

　私、貴女のことがちゃんと読めていますか？　でも人の顔って――新聞の向こうの人の顔って、紙面を埋めつくす活字よりも多くを持っている、隠し持っている。いま、彼女は目を開けて外を眺める。人の目つきというものには――どうやって説明すればいいのか――断絶というか――仕切りがあって――茎をぎゅっとつかんでも蝶は飛んでいってしまう――夜に黄色い花にしがみついている蛾《が》も――こちらが手を上げると身じろぎして、飛び立ち、高く舞い上がり、去っていってしまう。私は手を上げたりしない。だからミニー・マーシュの生命だか魂だか精神だかには、そっと静かに止まって羽根を揺らしていてほしい――私も自分の花の上に止まろう――丘《ダウン》を行く鷹になろう――ただ一羽で、だって独りじゃないと生きている価値なんてないから。舞い上がって、夜と真昼はじっとしている、丘の上でじっとしている。手が上げられると――さっと舞い上がり、また空を舞う。ただ一羽、だれにも見られることなく、眼下のどこまでも静かな風景を、どこまでも愛らしい風景を見ている。だれもこちらを見ていない、だれもこちらを気にしていない。他者の視線は我らの牢獄、他者の思考は我らの檻《おり》。上方にも空気、下方にも空気。そして月があって永遠に不滅……。ああ、でも芝生に不時着！

貴女もこうやって墜落したんでしょうか、向かいの隅の貴女、何というお名前でしたっけ――ミニー・マーシュ、そんなお名前でしたね？　そこに彼女はいて、ご自分のお花にしっかりしがみついている。ハンドバッグを開けて、貝殻――ゆで卵だった――を取り出す。卵がいつもより安いのねって言ったのはだれでしたっけ？　貴女？　私？　ああ、帰る途中で貴女がそうおっしゃったのでした。ちょうどご老人が急に傘を開いたか――くしゃみをしたときだったか？　ともかくクリューガーがいなかったから、貴女は「引き返して帰りましょう」となって、ブーツの泥を丁寧に落としたんでした。そうでした。そしていま、貴女は膝にハンカチを広げて、卵の殻の小さな四角い破片を落としている――地図の断片かパズルみたい。私、つなぎあわせてみたい！　貴女、じっとしてもらえませんか。彼女は膝を動かして――地図はまたバラバラになる。アンデス山脈の急斜面を、大理石の塊が次から次へと転げ落ち、スペイン人のラバ追いたちは護衛団もろともぺっしゃんこ――金銀はドレーク船長[*38]がいただきだ、でも話をもとに戻さないといけない――

何に、どこに戻すんだっけ？　彼女は玄関のドアを開け、傘立てに傘を入れる――もちろんそうする。そしてもちろんこうだ、地階から牛肉の焼ける匂いがしてきて……。でもこうやって「……」で抹消するわけにはいかない、頭《こうべ》を垂れて目をつぶり、一大隊みたいに勇敢に、雄牛みたいに無鉄砲に突き進んで言わなきゃいけない。葉蘭の陰には人がいます、行商の男たちがいます。これまで私は彼らをずっと葉蘭の陰に隠しながら、どうにか消えてくれたらいい、あるいはいっそ忽然《こつぜん》と姿を現してくれたらいいと願ってきた。そう、姿を現してくれないといけない、物語というものはそうこなくては、展開につれて豊かに膨らんで、運命と悲劇を携えて、二人の――三人は多いにしても――行商の男たちと葉蘭のひと鉢を乗せていかなくては。「葉蘭の鉢も、行商の男をすっかり覆い隠してしまうわけにはいかなかった――」シャクナゲだったらすっかり覆い隠せるし、おまけに赤や白の差し色だって入れられるけど――でもイーストボーンにシャクナゲ――十二月に――マーシュ家のテーブルに――いやいや、やめておこう。テーブルにはパン屑と調味料の小瓶、骨つき肉に巻く紙飾りと葉蘭だけにしておこう。たぶん、もう少しあとで海辺の場面も出せる。それに私だって、カットガラスの大皿が置かれた緩衝《かんしょう》地帯を乗り越え、緑の葉蘭にプチプチと小気味よく隙間をうがち、その向こうにいる男をじっくり覗いてみたくなっている――私がどうにかできるのはせいぜい一人だ。

それはジェイムズ・モグリッジ、マーシュ家ではジミーで通っている。「ミニー、私がこの部分を言い終わるまで、腕をひねらないと約束してください」ジェイムズ・モグリッジが行商しているのは――ボタンでどうだろう？――でもボタンの詳細はいまじゃない――細長い厚紙に大小のボタン、孔雀《くじゃく》の目玉模様みたいなボタン、くすんだ金のボタン、煙水晶のボタン、珊《さん》瑚《ご》の小枝みたいなボタン――でもボタンの詳細はいまじゃないってば。彼は行商人、毎週木曜はイーストボーンの日、彼はマーシュ家で食事をする。赤ら顔に小さく据わった目――何から何までありきたりってわけじゃない――食欲は旺盛（それがいい、グレーヴィーソースをパンですっかり拭《ぬぐ》ってから、ようやくミニーを見ることになる）、ナプキンを襟元に挟んで菱形に広げて――でもこれだと素朴すぎるだろうか、読者がどう受け止めるにしても、どうか鵜《う》呑みにしないでほしい。モグリッジ家に脱線して家庭内を動かしてみようか。ええっと、家族みなのブーツを修繕するのはジェイムズの日曜の仕事。彼は『真実』誌[*39]を購読。でも情熱を注いでいるのは？　薔薇だ――そして妻はかつて病院の看護師だった――面白い――お願い、この女性にだけは私の好きな名前をつけたい！　でも駄目だ、彼女は精神が産もうとしたけれど生まれなかった子の一人。さっきのシャクナゲと同じで、愛されはしても不義の子。こういう最良の人、愛すべき人って、書き上げられた小説の中では何人くらい死んでいるのかな――モグリッジみたいな人が生きながらえるというときに。これは人生の失策。こちらでは目下、ミニーが向かいの席で卵を食べていて、この列車の終点には——ルイス駅[*40]は過ぎただろうか？——きっとジミーがいる——そうじゃなかったら、彼女は腕をひねったりしないはず。

　きっとモグリッジがいる——それは人生の失策。人生が彼女に法則を押しつける、人生が通せんぼをする。人生は葉蘭の陰に隠れている、人生は専制君主——ああ、でも暴力は振るわない！　それは違う、だって私は自分から望んで近づこうとしているのだから。葉蘭のあちら側、調味料の小瓶のあちら側、撥《は》ねた食べ物のこびりついたテーブルのあちら側、ソースが注ぎ口に残る小瓶のあちら側に、どういうわけか自分から惹かれて接近しようとしているのだから。私はこの男モグリッジのがっちりした肉体のどこか、頑丈な脊柱のどこか潜入できそうなところから潜入して、体と魂に足場を架ける。その骨格はびくともせず、脊柱は鯨骨《げいこつ》のように硬く、樫《かし》の木のように直立している。その肋骨は放射状に広がり、筋肉はピンと張った防水布のようで、いくつも赤い空洞があり、心臓は収縮し膨張する。そのあいだにも牛肉は褐色の小さな塊になって落ちてきて、ビールが流しこまれ、攪拌《かくはん》されてまた血になる——そして私たちは目に到着する。

　目は葉蘭の向こうに何か白と黒の陰気なものを認め、また皿を見たあとで、葉蘭の陰に年配の女を見る。「マーシュ[*41]の姉さんだ、ヒルダのほうが俺の好みだな」そして視線はテーブルクロスに移る。「マーシュならモリスの家で何があったか知っているだろう……」それを話題にしているとチーズが出され、お皿が出てきたので他の人に回す——太い指だ。それからまた向かいの女を見る。「マーシュの姉さんだよな——ちっともマーシュに似てないな。哀れな年増女だな……。雌鶏に餌でもやってなよ……。おやまあ、どうしてそんなに腕をひねるんだ？　まさか俺が言ったことのせいじゃないよな？　おや、おや、おや！　こういう年増女ときたら！　おや、おや！」

「ええ、ミニー。貴女が腕をひねったのはわかっています。でもちょっと待ってください――まずはジェイムズ・モグリッジ」

「おや、おや、おや！」なんと麗《うるわ》しきかなその音は！　乾いた木材を木槌《きづち》で叩く音のよう、経験豊かな鯨捕りが波の高まりと海面の緑の翳《かげ》りに気づいたときの心臓の高鳴りのよう。「おや、おや！」それはせっかちな人の魂に向けた弔いの鐘。[*42]魂をなだめ、慰め、大事に布にくるんで「ではさようなら。どうぞお元気で！」と言わせ、「どんなのがお好みですか？」と訊かせるための鐘。モグリッジは彼女のためにご自分の薔薇を摘んでくれることになっていて、すでにそう申し出て約束してある。するとその次は？「奥さま、列車に乗り遅れるのではないですかな」列車は待ってくれないものですから。

　それが男らしいやりかた、朗々と響きわたるのはそんな声、そうやってセント・ポール大聖堂[*43]はそびえ、バスは運行する。あら、私たち、パン屑を振り落としているのね。ああモグリッジ、行ってしまうのね！　行かなくてはならないの？　今日の午後はあの小さな馬車を一台借りて、イーストボーンを巡回するのね？　貴方《あなた》は緑の厚紙の壁に四方を囲まれて、ときどきはブラインドを下ろさせたり、しかつめらしく鎮座《ちんざ》してスフィンクスみたいに前方を睨《にら》んだりして、いつもお墓みたいにむっつり、葬儀店とか棺《ひつぎ》とかを連想させるふうで、馬も御者も陰気なんでしょ？　教えてくださいな――でもドアというドアはピシャリと閉められた。もう二度と会うこともないのね。モグリッジよ、さらば！

　さてさて、私も行かないと。急いで家の最上階に上がらないと。一瞬、私はぐずぐずする。心の中では泥がピチャピチャ撥ねている――こういう怪物《モンスター》たちは渦を残していく、水は揺れ、草は風になびき、こっちでは緑色、あっちでは黒い色が砂にぶつかる。それでもしだいに原子は再結合し、沈殿すべきは沈殿し、透き通って静かになってものが見えてくる。するとようやく、去りゆく人たちに向けた祈り、うなずきあった人たち、二度とは会えない人たちの魂に向けた惜別《せきべつ》の辞が口をつく。

　ジェイムズ・モグリッジはもう死んじゃった、永遠に逝っちゃった。ねえそうでしょ、ミニー――「わたし、もうこれ以上耐えられない」彼女がもしそう言ったとしたらどうだろう――（彼女を見てみよう。膝の急斜面から卵の殻を振り落としている）。寝室の壁にもたれ、赤紫のカーテンの端を飾る小さな玉を引っ張りながら、彼女はたしかにそう言った。でも、自分が自分に向かって話すときって、話しているのはだれなんだろう？――埋葬された魂、地下共同墓地《カタコンベ》の中央にギュッ、ギュッ、ギュッと押しこまれた精神、修道院に入って俗世を離れた自分だろうか――その自分はたぶん臆病だけれど、その姿はどこか美しくもあって、ランタンを絶え間なく上下させながらいくつもの暗い通路をせわしなく歩きまわっている。「もうこれ以上耐えられない」と、彼女の精神は言う。「お昼どきのあの男も――ヒルダも――子どもたちも」。そしてああ、泣き崩れてしまう！　彼女の精神がみずからの運命を嘆いている。

縮みゆく絨毯《じゅうたん》から絨毯へ、消えゆく宇宙のちっぽけな断片から断片へ、わずかな足場を求めて、彼女の精神はこちらへあちらへと追い立てられている。愛、人生、信仰、夫、子どもたち、少女時代にちらりと見た豪華《ごうか》絢爛《けんらん》な式典。「私には得られなかった――私には」

　だとしてもね――マフィンもあるし、毛の抜けた老犬だって飼っているでしょ？　ビーズ飾りのマットもあるし、下着はいいものを身につけていらっしゃるのでは？　もしもミニー・マーシュが馬車に轢《ひ》かれて病院に担ぎこまれることになれば、看護師も医師も感嘆の声を上げる……。　光景が、想像が広がる――遠くで――通りの突き当たりで青インクが滲《にじ》む。[*44]でもね、紅茶は濃く出ているし、マフィンは熱々だし、愛犬だっているじゃないの――「ベニーちゃん、籠にお入りなさい、お母さんがいいものを持ってきてあげたから！」そんなこんなで貴女は親指のところがすり減った手袋を手に取り、綻《ほころ》びという名の迫り来る悪魔をもう一度撃退する。灰色の毛糸をこちらに通してあちらに通して、要塞《ようさい》の護《まも》りをいま一度堅くする。

　毛糸をこちらに通してあちらに通して、くぐらせ、上から渡し、そうやって蜘蛛の巣みたいに編んでいくとそこには神が――しまった、神さまのことは考えないでください！　丈夫そうな編み目ですね！　繕《つくろ》いものがお上手なんですね。何者にも彼女の邪魔はさせまい。光が柔らかく降りそそぐようにしよう。曇り空のもと、肌着みたいな緑の新芽が見えることにしよう。小枝にスズメをちょこんと止まらせ、肘みたいに曲がった小枝から雨粒を振り落としてもらおう……。　どうして見上げるんですか？　何か音がしたんですか？　何か考えがよぎったんですか？　ああ、わかりました！　貴女がしでかしてしまったこと、窓ガラスに紫のリボンが垂れていたことを思い出したんですね？　でもヒルダが上がってくるかもしれません。それは侮辱、屈辱ですよね！　穴をかがってしまいましょう。

ミニー・マーシュは手袋を繕って、引き出しにしまう。引き出しをカチッと閉める。姿見に顔が映る。唇は結んでいる。顎《あご》を高く上げている。それから靴紐を結ぶ。そして喉元《のどもと》に手をやる。貴女のブローチってどんなのかしら？　ヤドリギ？　鳥の叉骨《さこつ》みたいなV字型？　これから何が始まろうっていうんだろう？　私の見当違いでなければ、ドキドキと脈が速くなっている。大事な瞬間が近づき、いくつもの筋が奔流となって、ナイアガラの滝はすぐそこ！　危機迫る！　どうかうまくいきますように！　彼女は下りていく。勇気を出して、頑張って！　どうか対決してください！　マットの上で待っていてはいけません！　さあドアですよ！　私は貴女の味方。声を上げてください！　彼女とぶつかって、魂をぎゃふんと言わせてやるんです！

「ああ、何とおっしゃいましたか。ええ、イーストボーンに着きました。お荷物を降ろしましょうか。ハンドルを回してドアを開けましょう」［でもミニー、おたがい取り繕ってはいるけれど、私、貴女のことをちゃんと読ませていただきました――すっかり貴女の味方ですからね］

「荷物はこれで全部ですか？」

「ありがとうございます、これで全部です」

（でも、どうしてあちこち見まわしていらっしゃるんですか？　ヒルダは駅まで来るはずない

し、ジョンも来ないでしょう。それにモグリッジは馬車の中、イーストボーンのずっと向こうの端じゃないですか)

「荷物の番をしながら待つことにします、それがいちばん安全ですから。あの子、迎えに来るって言ったんだけど……。ああ、来た！　私の息子よ」

そして二人は一緒に歩き去る。

ええっと、だけど困った……。ねえミニー、しっかりしてくださいな！　見知らぬ若い男性ですよ……。待ってくださいな！　私がその人に言いましょう──ミニー！──ミス・マーシュ！──でもわからない。彼女の外套が変な具合に風にはためいている。ああ、だけどこれってほんとじゃない、こんなの破廉恥《はれんち》だ……。ほら、改札に近づいて、男性は身をかがめている。彼女は切符を取り出している。何の冗談のつもりだろう？　二人は肩を並べ、道路を歩いていく……。そう、私の世界はおしまいってわけね！　私は何を頼りにすればいいんだろう？　何を知っているっていうんだろう？　あれはミニーじゃない。モグリッジなんて、はなから存在しなかった。私って何者なんだろう？　人生なんて、白骨みたいに白々しいばかりだ。

でもそれでも、最後に目にした二人の姿に──彼が縁石をまたぎ、彼女が彼のあとを追って大きな建物の端を曲がっていく姿に──私はまた新たに満たされていく。謎の人たち！　母と息子。あなたがたって何者なんですか？　どうして道路を歩いていくんですか？　今夜はどちらに泊まるんですか、明日はどうなさるんですか？　ああ、そんなこんなが渦を巻いて押し寄せてきて、私は新たな漂流を始める！　さあ、あとに続こう。人々はこちらにあちらに車を走らせている。白い光が撥ね、こぼれる。大きなガラスのはまった窓辺には、カーネーションと菊がある。暗い庭先には蔦《つた》が絡まっている。玄関先には牛乳配達の手押し車が停まっている。謎の人たちよ、私はどこに行っても角を曲がればあなたがたを見掛けます。母たちと息子たち、貴女がた、貴方がた、あなたがた。私は急いであとを追います。これはきっと海でしょうか。風景は灰色、まさに灰みたいにぼんやりして、水がささやきうごめいています。私が膝をついて祈るなら、昔ながらの茶番劇を演じるなら、拝む相手はあなたがた、見知らぬあなたがた。もしも私が両腕を広げるなら、かき抱くのはあなたがた、引き寄せるのはあなたがた――この愛すべき世界なのです！

The String Quartet

弦楽四重奏

さてさて、私たち、ようやく勢揃い。室内を眺めれば、地下鉄族も、路面電車族も、バス族も、それに少なからぬ人数の自家用馬車族も――その中には張り出し窓のついたランドー馬車族[*45]もきっと交じっているはずで――ロンドンの一方の端からもう一方の端へと盛んに糸を架けあい、社交にかかりきりになっている。でも私には疑問が浮かんでくる――

もしみんなが言っていること、つまりリージェント・ストリートの工期が終わったとか、講和条約調印とか、この季節にしては寒くないですねとか、そんなに家賃を出してもアパートの一室も借りられないんですかとか、この最悪のインフルエンザにはいろいろと後遺症がありますねとか、こういうことが本当だとしたらどうだろう。[*46]もし私自身のこと、つまり食料貯蔵室の雨漏りの件で手紙を書くはずだったとか、列車に手袋を置いてきてしまったとかが思い出され、血縁であるために前に身を乗り出さないわけにはいかず、ためらいがちに差し出された手をうやうやしく握り返すとしたらどうだろう――

「七年ぶりでお目にかかります!」

「この前はヴェネツィアでしたね」

「いまはどちらにお住まいですか?」

「そうですね、もしよろしかったら午後の遅い時間がいいです――」

「それにしても、あなたのことがすぐわかりましたよ!」

「でも、この戦争のせいでなかなかお会いできませんでした――」


もし心がこういう数々の小さな矢に射抜かれるとしたら、しかも――人の社交とはそういうものだから――一本の矢のあとすぐ次の一本が放たれるとしたらどうだろう。もしここから熱気が生まれ、おまけに電気の照明も灯るなら、もし何かひと言口にしたあと、もっとうまく言いたいとか言い直したいという気持ちにたいがい駆られ、後悔とか喜びとか虚栄心とか欲望とかが募るとしたら、もしこうして数え立てているこまごました事実のすべて、それに帽子とか毛皮の襟巻きとか紳士用の燕尾服《えんびふく》とか真珠のタイピンとかが意識の表層に上ってくるとしたら――見こみなんてあるだろうか?

何のことかって? 何のことか、いまは言えない、前回うまくいったのがいつだったかも覚えていないという気分に陥って、それなのにどうして私がここに座っているのか、刻一刻と説明しにくさは増すばかり。

「パレードをご覧になりました？」
「国王が寒そうにされていました」[*47]

いやいや、そんなことじゃない。でも何のことだっけ？

「あの女の人、マームズベリーに家を買ったんですって」[*48]
「お家《うち》を見つけたなんて、そのかた、幸運でしたね！」

幸運なんてとんでもない、かなりの確信を持って、どなたかは存じ上げないけれどその女の人はヘマをしたと思う。だってマームズベリーなんて平野とか帽子とかカモメが飛び交うくらいしかないところ――この室内で正装し、四方の壁に守られ、毛皮をまとい、ご満悦《まんえつ》の体《てい》で着席している百人が百人、たぶんそう思うんじゃないだろうか。かく言う私も威張《いば》れたものじゃない、私だって金メッキの椅子におとなしく腰掛け、地中に埋めた記憶はそのままに、表面の土をただ掻きまわしているだけ。でも私の勘違いでなければ他の人たちもみんなそんなところで、何かを思い出そう、こっそり何かを探り出そうという気配がそこここに漂っている。何をそわそわしているんだろう？　どうしてそんなに外套《がいとう》の持ちかたとか、手袋のボタンを締めるか外すかとかにこだわるんだろう？　それならあのくすんだキャンヴァスに描かれたご老体の顔を眺めてみるといい。少し前まで都会風で紅潮した顔つきだったのに、いまは影が差したみたいにむっつりして悲しげ。あの音は、第二ヴァイオリンが楽屋で調弦《ちょうげん》しているんだろうか？ ああ、登場だ——黒服の四人がそれぞれ楽器をかかえて登場、光のこぼれ落ちる下で白い譜面を前に座る。弓の先を譜面台に載せる。弓をいっせいに持ち上げ、軽くかまえる。第一ヴァイオリンが向かい側の奏者を見ながら、一、二、三と数える——

さっと広がって跳ね、するすると芽吹いて弾ける！ 山頂には梨の樹がある。一斉に泉が噴き出し、水しぶきが降りそそぐ。されどローヌ河[*49]の水の流れは迅速にして深く、アーチ橋の下で奔流になり、たなびく水草を押し流し、銀の魚たちに射した影を洗い流す。まだら模様になった魚たちは奔流に乗って下り、いま、渦に巻きこまれる——これは脱出できそうもない——渦では大勢の魚たちがひしめき、躍り上がり、水を撥《は》ねかけ、鋭い背びれをこすりあう。渦の水は湧《わ》き返って、黄色い小石がいくつもクルクル、クルクルと掻きまわされて——と、ようやく脱出、奔流に乗って下り、さらにどういうわけか見事な螺旋《らせん》になって空《くう》を上昇、薄いかんな屑みたいにクルッと反《そ》って、上へ上へ……。愛らしく善《よ》きもの、それは軽い足取りでにこやかに現世を通り過ぎてゆく者たち！ 愛らしく善きもの、それはアーチ橋のたもとにしゃがむ魚売りの陽気な老女たち！ 破廉恥《はれんち》なこの老女たちは、道いっぱいに広がって歩き、腹の底から笑い、体を揺すって浮かれ騒いでフーッハッ、ハア！

「初期のモーツァルト[*50]は、もちろんこうでなくっちゃね——」

「でもこのメロディ、モーツァルトはどれもそうだけど、絶望させるっていうか——いや希望をもらえるっていうか。私、何が言いたいんでしょうね？ 音楽ってこういうところが駄目ですねえ！　私は踊って、笑って、ピンク色のケーキと黄色のケーキが食べたくなる。薄い色の辛口のワインが飲みたくなる。あるいはふしだらな話が聞きたくなる——そういうのも私は楽しめる。歳を取るとふしだらなことが好きになりますね。ハハッ！　笑っちゃいますね。何が可笑《おか》しいのかな？　あなた、何もおっしゃいませんね、そちらの老紳士も黙っておいでですね……。だけど考えてみてくださいな——ねえ——あ、静かにしないと！」

憂《うれ》いの河が私たちを運んでいく。たなびく柳の枝の隙間から月が覗き、あなたの顔が見え、あなたの声が聞こえる。鳥が歌うなか、私たちは柳の栽培地の脇を過ぎていく。あなたは何をつぶやいていらっしゃるんですか？　悲しみ、悲しみ。歓《よろこ》び、歓び。月下に群れなす葦《あし》のように、悲しみと歓びはともに織りあわされている。織りあわされ、分かちがたく混じりあい、苦しいときには寄せ集まり、悲しいときにはほどけてバラバラになる——ぶつかる！

小舟は沈む。人型の者たちが浮かび、上昇し、木の葉のように薄くて夕暮れのように仄《ほの》かにたなびく一人の幽霊の姿になる。炎に縁取られた幽霊は、私の心から二つの情熱を引き出す。私に向けて歌い、私の悲しみの封印を解き、凍てついた共感を溶かし、太陽のない世界を愛で満たす。それほど優しげではないものの休むことはなく、するすると器用に模様を織りなしていく。こうして模様が織りなされて完成すると、引き裂かれたものたちが一つにまとまる。悲しみも、歓びも、高く上昇して涙にむせび、安息を求めて降りてくる。

ならば嘆くことなんてあるだろうか？　何がほしい？　まだ不服？　すべては落ち着いた。そう、落ち着くところに落ち着いた。安息の地に横たえられ、その上から薔薇の葉が一面に降りしきる。しんしんと降りしきる。ああ、でもそれもやむ。一枚の薔薇の葉がとてつもない高みから、まるで見えない気球をあとにした小さなパラシュートみたいに落ちてきて旋回し、ゆらゆらとはためく。私たちのところには届きそうもない。

「いやいや。気づきませんでしたね。ぼんやり夢を見ていて——これが音楽の駄目なところで。第二ヴァイオリンが遅れたっておっしゃるんですか？」

「マンローさんが手探りしながら帰って行かれます——かわいそうにお歳を召されて、年々目が悪くなっていらして。この床も滑りやすい」

老いて盲目になりし灰色の髪のスフィンクス……。歩道で立ち止まり、とてもおごそかな様子で赤いバスに手を上げる。

「なんて素敵なんでしょう！　なんて素晴らしい演奏！　なんて——なんて——なんて！」

人の舌とは、鐘を打ち鳴らす舌《ぜつ》と同じ。とても単純な造作《つくり》。隣席の人の帽子には派手で楽しい羽根飾りがついていて、まるで幼児のガラガラみたい。カーテンの隙間から、プラタナスの葉が緑にきらめく。とても変わっていて、とてもわくわくする。

「なんて——なんて——なんて！」シーッ！

草の上には恋人たちがいる。

「マダム、よろしければわたしの手をお取りください——」

「わたくし、貴方のことを心から信頼しております。おたがい、肉体は宴会場に置いてきたじゃありませんか。芝生の上にあるのは魂の影に過ぎません」

「それなら魂と魂の抱擁《ほうよう》といきましょう」レモンの実が一斉に揺れてうなずく。白鳥が岸辺から泳いできて川の中ほどまで進み、夢見るように浮いている。

「でも先ほどの話に戻りましょう。あの男、回廊でわたくしを追いかけてきて、角を曲がろうとしたときに、わたくしのペチコートのレースを踏んだんです。わたくしは『ああ！』と大声で叫んで、立ち止まって手で押さえるしかなかった。そしたらあの男、剣を抜いて、何かを刺し殺したいみたいに何度も突き出しては叫ぶんです、『狂ったぞ！　狂ったぞ！　狂ったぞ！』それでわたくしが金切り声を上げたら、出窓のところで大きな羊皮紙の本に何かお書きになっていた王子が出ていらした。お休みになるときのヴェルヴェットのスカルキャップはかぶったまま、ファーのついた室内履きを引っ掛けて、壁飾りにしていた短剣——スペイン王からの贈りもの——を壁からお取りになって。だからわたくしは逃げました。この外套を羽織って、スカートの綻《ほころ》びを隠して——隠して……。でも聞いて！　角笛《ホルン》が鳴っている！」

男は女に何事かを早口で答え、女は音階を駆け上がる。おたがいウィットを利かせて賛辞を贈りあい、やがてそれは情熱的なむせび泣きになる。言葉は判然としないものの意味するところは明らかで——愛、笑い、逃避行、追跡、天にも昇るほどの至福——そのすべてが陽気なさざ波のような優しい掛けあいの上に浮かぶ。でもはるかかなたで銀のホルンが鳴り、やがてますますはっきり聞こえてきて、まるで昔の執事たちが夜明けを告げ、恋人たちが逃亡しましたと不穏な報告をしているよう……。緑の庭も、月下の水辺も、レモンの実も、恋人たちも、魚たちも、すべては乳白色の空に溶けていき、ホルンにトランペットが加わりクラリオン[*51]も加勢するなか、大理石の柱にしっかり支えられた白いアーチがそびえ立つ……。トランペットに合わせて足音が響く。ガチャンガチャンと音がする。頑丈な建築。屈強な土台。無数の者たちが行進し、混乱も混沌も地面に踏みつけられていく。でもこの街、私たちが旅してやってきたこの街は、大理石も他の石材も使っていないのに途絶えることなくここにあり、揺らぐことなく築かれている。人っ子一人出てきて挨拶したり歓迎したりすることも、旗が掲げられることもない。だからあなたの希望が潰《つい》えても、私の歓びが砂漠でしぼんでも、手立てもなく前進するしかない。柱はむきだしで、だれにも幸運をもたらす様子はなく、日陰も作らずギラギラと過酷。だから私は退却する、もうこれ以上は望まない、ただ帰りたい。いつもの道に出て、いつもの建物の角を曲がって、いつもの林檎売りの女の人と言葉を交わし、玄関を開ける女中に向かって今晩は星が綺麗よ、と言いたい。

「お休みなさい、お休みなさい。あなた、こちらの道を行かれるんですか?」
「あら。あちらから帰るんでした」

Blue and Green

青と緑

緑

カットガラスの尖った指先が垂れ下がっている。光がカットガラスを滑り落ち、緑色の水たまりを一つ、落とす。一日じゅう、シャンデリアのペンダントの十本の指先から、大理石にポトリポトリと緑色が滴《したた》る。緑といえばインコの羽根——インコの甲高い叫び——ヤシの木の鋭い葉。針のような緑の葉が、陽光を受けてきらめく。でも、硬いカットガラスは大理石の上にポトリポトリと滴る。水たまりがいくつも砂漠の上に浮かび、水たまりの合間を、ラクダたちがよろめきながら進んでいく。水たまりは大理石の上にとどまり、イグサに縁取られ、雑草に堰《せ》き止められ、そこここに白い花を咲かせる。カエルは水たまりを跳び越え、夜には星々が水面《みなも》に映えて、揺らぐこともない。夜になり、影がマントルピースから緑色を一掃し、マントルピースはざわつく大海原《おおうなばら》の表《おもて》になる。船は来ない、虚空《こくう》のもと、あてもなく寄せては返す波があるばかり。夜に尖ったカットガラスの先から滴るのは青いしみ。緑色は消えてしまった。

青

獅子鼻の怪物《モンスター》が海面に浮かんできて、ひしゃげた鼻腔《びこう》から二本の水柱を噴き出す。その芯は白い炎のよう、その飛沫は青いビーズを連ねたよう。黒い防水布のような皮膚に、青い線がいくつも引かれる。口から鼻から水を噴きながら、怪物は水の重さに堪えかねて沈む。[*52] 青色が怪物に覆いかぶさり、磨いた小石のような眼のありかを探る。浜辺に打ち上げられ、怪物はそのずんぐりした体軀《たいく》をどさりと横たえ、乾いた青い鱗《うろこ》を散らす。金属質の青い鱗が、浜辺の錆《さ》びた鉄の上に点々と散らばる。打ち捨てられた手漕ぎボートの肋材《ろくざい》も青色。ブルーベルの花の下で波がうねる。でも、大聖堂はブルーベルの青い花とは違って、冷たくて抹香《まっこう》臭い水色――聖母マリアのヴェールと同じ色。

Kew Gardens

キュー植物園

卵型の花壇《フラワーベッド》から、たぶん百本はあろうかという数の茎が伸びていた。茎は上に伸びていく途中、そこかしこで心臓のかたちや舌のかたちの葉っぱをつけていた。頂では赤や青や黄色の花びらを広げ、草むらの表面に色を散らす。赤や青や黄色の花びらの奥まったところ、喉《のど》のように見えるところからは、金粉にまみれ、突端が少し太くなった棒が一本、突き出ている。花びらは夏のそよ風に吹かれ、ゆさゆさと揺れた。花びらが揺れると、赤い光、青い光、黄色の光は重なり合い、下の褐色の地面にこの上なく微妙な色の斑点をつけた。光は小石のすべすべした灰色の背にも、茶色い渦巻模様のあるカタツムリの殻にも落ちた。光は水滴にも滲《し》み入った。赤や青や黄色の強烈な光が薄い水の壁を内側からいっぱいに押すために、水滴はいまにも弾け飛んでしまいそうになる。しかし次の瞬間、水滴はもとの銀灰色に戻り、光は葉肉の上に場所を移して表面下に広がった葉脈を浮き上がらせ、さらに場所を移して、心臓のかたちや舌のかたちの葉っぱに覆われた丸屋根の下にできた、大きな緑の空間をいっぱいに照らした。そのとき草むらの上でそよ風がいっそう強く、さあっと吹いたので、色は空中に反射し、七月のキュー植物園に散歩にやってきた男たちや女たちの目に飛びこんだ。

これらの男たち、女たちは、花壇の脇をてんでばらばらに歩いていた。それは面白いくらい不規則な動きで、白い蝶や青い蝶が、花壇から花壇へと、芝生をジグザグに突っ切って飛んでいくのに似ていなくもなかった。男は女より六インチほど先を、何も気にしないふうにぶらぶら歩いていた。女のほうが男より目的が明確な様子で、たびたびうしろを振り返っては、子どもたちがあんまり遠くに離れていないかを確かめていた。男がこうやって女より少し前を歩いていたのは、自分ではたぶん意識していないながら意図的だった。考えに浸っていたかったのだ。

「十五年前、僕はリリーとここに来た」と彼は考えていた。「湖畔《こはん》のあの辺に二人で座って、あの暑い午後のあいだずっと、結婚しようって彼女に言い続けていた。トンボが二人のまわりをぐるぐる回って飛んだ。あのトンボの姿と、それに爪先に四角い銀のバックルのついた彼女の靴が、目の前にまざまざと浮かぶ。僕は喋っているあいだずっと彼女の靴を見ていた。その靴が苛立たしげに動いたから、見上げなくても彼女が何を言おうとしているかがわかった。彼女のすべてがその靴の中にあるみたいだった。そして僕の愛、僕の願いはトンボの中にあった。何でかわからないけど、あのトンボがもしも止まったら、あの葉、真ん中に赤い花をつけたあの幅広い葉に止まったら、もしもあの葉に止まりさえしたら、彼女がすぐに『イエス』と言いそうな気がした。でもトンボはぐるぐる飛ぶばかりで、どこにも止まらなかった――もちろん止まらなかった、止まらなくて幸いだった、そうじゃなかったら僕はエレノアや子どもたちと一緒にここを歩いていない――ねえ、エレノア。昔のことを考えたりする?」

「サイモン、どうして訊くの?」

「昔のことを考えていたからなんだ。リリーのこと、結婚したかもしれない女の人のことを考えていた……。ああ、どうして黙っているの? 僕が昔のことを考えるのはいや?」

「かまわないに決まっているじゃないの、サイモン。こういう公園、男の人や女の人が樹の下に寝そべっている公園に来ると、人はいつだって昔のことを考えてしまうんじゃない? ああいう男の人とか女の人って、樹の下に寝そべっている幽霊のようなもの、自分の過去というか過去の痕跡のすべてなんじゃない?……幸せだったときのこととか、現実に起きたこととかの」

「僕の場合、靴についていた四角い銀のバックルと、それからトンボだ――」

「私の場合はね、キスなの。二十年前、湖畔で女の子が六人、イーゼルを前に座っていたのを想像してみて。睡蓮《すいれん》を描いていた。私、そのとき初めて赤い花をつけた睡蓮を見た。そしたら突然、うなじにキスを受けた。その午後ずっと、手が震えて絵が描けなかった。私は時計を出して時間を計って、五分間だけそのキスのことを考えてもいいことにした。それくらい大事なものだった――白髪交じりのおばあさん、鼻にイボのあるおばあさんのキスは。あれは、私の全生涯におけるあらゆるキスの母。キャロライン、こちらにおいで。ヒューバート、こちらにおいで」

　四人は花壇の脇を通り過ぎていく。並んで歩いていく四人の背中には太陽の光と影が当たり、大きな不規則なかたちの斑点《はんてん》になって、揺れ、はみ出す。樹々のあいだで四人の姿は小さくなり、透き通っていくように見える。

卵型の花壇の中にはカタツムリがいた。たった二分くらいのうちに殻を赤に青に黄色に染められたカタツムリだ。いま、殻をごくわずかに動かして、軟らかい土のかたまりの上を次々と渡っていこうとしているらしい――土のかたまりはその重みで崩れ、ポロポロと転がっていく。カタツムリには目の前に明確な目標があるらしく、この点で、独特の高らかなステップを踏んでやってきた、角張った緑の昆虫とは違った――この昆虫はカタツムリの行き先を突っ切ろうとしたものの、少し立ち止まって躊躇《ちゅうちょ》するみたいに触覚を震わせ、くるっと向きを変え、正反対の方向にあたふたと去っていった。自分の目標に向かって茎から茎へと移動していくカタツムリの前には、あらゆるものが立ちはだかる。茶色い崖《がけ》があちこちでせり出し、その先には窪《くぼ》みに緑の水をたっぷりたたえた湖がある。平らな刃のように細長い草は、根元からてっぺんまでゆさゆさ揺れる樹々のよう。灰色の小石は丸い巨岩になる。薄いパリパリした感じの枯葉が何枚も、大きな縮れた表面を見せている。一枚の枯葉はアーチ状に反《そ》っている。僕はこの枯葉のテントを迂回したほうがいいだろうか、それともそのまま突き進むのがいいだろうか――カタツムリがどちらにするかを決めかねているうちに、他の人間たちの足が花壇の脇を通り過ぎていく。

今度は二人とも男だった。若いほうの男は、たぶん不自然なくらい落ち着いた表情だった。連れの男が話しているあいだは目を上げて前方にじっと視線を据え、話し終えるとまた地面に目を落とす。だいぶ時間が経ってからようやく口を開いて連れに答えることもあれば、黙ったままのこともある。年配の男は、奇妙に不揃《ふぞろ》いでギクシャクした歩きかただった。[*53] 手を前にぐいと突き出したり頭を唐突に振り上げたりしている様子は、家の外で待たされるのに飽きて焦《じ》れている馬車馬みたいだったけれど、彼の場合、締まりのない、はっきりしない身振りだった。ほとんどひっきりなしに話し続け、自分に微笑《ほほえ》みかけ、その微笑みが答えだったみたいにまた話し始める。霊魂について話していた――死者の霊魂について。彼によるといまこの瞬間も、死者たちは天国での経験について、ありとあらゆる不可思議なことを彼に告げているのだった。

「ウィリアム、古代ギリシャ人にとって天国とはテッサリアのことだった。今回の戦争が始まって以来、霊魂になるはずの物質が山あいで雷鳴のような轟音《ごうおん》を上げている」[*54] 彼はそこで間《ま》を置き、何か聴いている様子になり、微笑み、頭をぐいと振り上げて続けた――

「小さな乾電池をつけて、ゴムを置いて針金の絶縁体にする――隔絶体？――絶縁体？――まあ細かいところは飛ばそう、人には理解されない詳細に踏みこんでもしかたがない。簡単に言うと、その小さな機械をベッドの枕元の都合のいいところに設置する。洒落《しゃれ》たマホガニーの台なんかを用意して、その上に置いてもいい。わたしの指示どおりに職人がすべてきちんと整えたら、未亡人が耳をつけて、あらかじめ定めておいた合図を送って霊魂を呼び出す。女たち！未亡人たち！　黒い喪服の女たち――！」

　彼はここで遠くの女の服に目を留めたようだった――その服は日陰で紫がかった黒に見えた。彼は帽子を脱ぎ、手を胸に当て、熱に浮かされたように何事かをつぶやき大仰《おおぎょう》な身振りをして、その女のほうに早足で歩きかけた。しかしウィリアムは彼の袖《そで》を引っ張って止め、注意をそらそうと、手にしていたステッキの先で花に触れた。年配の男はしばらく混乱した様子でその花を見つめたあと、花に耳を近づけ、花から語り掛けられてくる声に答えようとしている様子で、ウルグアイの森には何百年も前に行きました、ヨーロッパ随一の若くて美しい女の人と一緒でした、と話し始めた。ウィリアムに引き立てられながらも、ウルグアイの森は一面、蠟《ろう》みたいにつややかな花びらの熱帯の薔薇に覆われていました、ナイティンゲールが、砂浜が、人魚が、海で溺れた女たちがと、男はつぶやいていた。ウィリアムの顔には、厳しい忍耐の表情がゆっくりと深く刻まれていった。

　年配の男のあとを、それほど間《ま》を置かず歩いていたために彼の身振りをやや不審がることになったのは、ロウワー・ミドル・クラス[*55]の二人の中年女性だった。一人は太っていて動作もゆっくり、もう一人は薔薇色の頬でテキパキしていた。この階級のたいていの人と同じように、とりわけ裕福な人が奇抜なふるまいをして脳の不調を示すと、二人はあからさまな興味を示した。でもそれほど至近距離ではなかったので、彼の身振りがたんに奇抜なのか、それとも正真正銘の狂気なのかは見極められなかった。しばし押し黙って年配の男の背中をじろじろ見つめ、奇妙な目配せをこっそり交わし合ったあとで、二人はややこしい会話を続け、断片を勢いよくつなぎ合わせていった。

「ネルがね、バートが、ロトは、セスが、フィルはね、お父さんが、あの男が言ったの、わたしは言った、あの女が言った、わたしは言った、わたしが答えた、わたしが言った――」

「うちのバートは、姉さんは、ビルが、おじいちゃんが、お年寄りが、お砂糖が、
お砂糖でしょ、小麦粉でしょ、燻製ニシンに、野菜でしょ、
お砂糖、お砂糖、お砂糖」

ゆっくりした動作の女は、こぼれ落ちてくる言葉の織りなす模様の向こうで地面に花々が立ち並び、いかにも涼しげに揺らぐことなくまっすぐ背を伸ばしているのを不思議そうな面持《おもも》ちで見ていた。その視線は、まるで熟睡から覚めた人が真鍮《しんちゅう》の燭台《しょくだい》がいつもとは違ったふうに光を映しているのを見て、目を閉じまた開いて、もう一度真鍮の燭台を見て、ようやく充分に覚醒して燭台をまじまじと見るのに似ていた。そうやってゆっくりした動作の女は卵型の花壇の前で立ち止まり、連れの女の話を聞いているふりをするのもやめてしまった。彼女はそこに佇《たたず》み、言葉が我が身の表面を滑り落ちていくのに任せ、上半身をゆっくり前後にゆすりながら花々を見ていた。そして、どこかに座ってお茶を飲みましょうと、連れの女を誘った。

その頃あのカタツムリは、枯葉を迂回するでもよじ登るでもなく自分の目標に達するにはどんな方法があるか、そのすべてを検討しつくしていた。枯葉によじ登るのはひと苦労だし、枯葉は薄く、角《つの》の先でちょっと触っただけでもパリパリ音を立てて破れそうだから、僕の体重を支えきれない、ついては枯葉の下を這《は》っていこうと、カタツムリは決意していた。一箇所、枯葉がカーヴして地面から高くせり上がっていて、潜《もぐ》っていけそうなところがある。カタツムリがちょうどその割れ目から頭をくぐらせ、高い褐色の天井を吟味し、ひんやりした褐色の光になじもうとしていると、また別の二人が花壇の外の芝生の上を通りかかった。今度は二人とも

若かった。若い男と若い女だった。青春真っ盛りというか、盛りに差し掛かる前の時期で、なめらかなピンクのつぼみが弾けてネバネバした中身を見せる前とか、羽化した蝶がすっかり羽を伸ばしたけれど、まだ日向《ひなた》でじっとしている時期を思わせた。

「金曜日じゃなくて運がよかった」と彼は言った。

「どうして？　運がいいとか、信じるの？」

「金曜日は入園料が六ペンスなんだ」

「六ペンスくらい、いいじゃない。これって六ペンスの値打ちはあるんじゃない？」

「『これ』って――きみの『これ』って何のこと？」

「ああ、何でもいいじゃない――だって――わかるでしょ」

会話にはいちいち長い沈黙が挟《はさ》まれ、声は抑揚がなく単調だった。二人は花壇の隅に立ち、彼女のパラソルの先端を、一緒に軟らかい土の中にぐっと押しこんでいた。その行為は、そして彼の手が彼女の手の上に重ねられているという事実は、二人の感情を奇妙なかたちで表現するものだった。そして何かを表現していると言えば、短くて意味のなさそうな二人の言葉もそうだった。二人の言葉にはずしりとした意味があったけれど、小さな翼しかつけていないせいであまり遠くまではその意味を運べず、周囲のごくありふれた物たちの上にぶざまに不時着してしまい、扱い慣れていない二人にとって、それらの言葉はたいへん巨大に見えた。でもそれらの中に断崖絶壁《だんがいぜっぺき》が隠れていないかどうか、あるいはその向こう側に氷の斜面が陽光を受けて輝いていないかどうかは、だれにわかるだろう（と、二人はパラソルを地面に押しこみながら考えていた）？　だれにわかるだろう？　そういう光景を見た人っているんだろうか？　キュー植物園ではどんなお茶が飲めるのかなと彼女が口にしたときも、彼女の言葉の背後で何かがせり出し、大きく確実なかたちを取っていくのを彼は感じていた。そしてゆっくり霧が晴れていって現れたのは――おや、何のかたちだ？――小さな白いテーブルが並んでいて、ウェイトレスがまずは彼女を、次に僕を見る。そして伝票が渡され、僕が現実の二シリング硬貨を使って支払いをする。これは現実、すべて現実だと、ポケットの中の硬貨をいじりながら彼は自分に言い聞かせた。僕と彼女以外のみんなにとって現実で、僕にも現実になりかけていて、次は――でも彼はもうそわそわしてしまい、じっと立って考えていられなくなったので、パラソルをぐいと地面から引き抜いた。他のみんなと一緒に、みんなと同じようにお茶が飲める場所を早く探さないと。

「おいでよ、トリッシー。僕たち、お茶にしよう」

「いったいどこでお茶が飲めるっていうの？」と、妙にはしゃいだ気分を声に滲《にじ》ませながら彼女は尋ね、ぼんやりあたりを見まわしながら、緑の小道を導かれるままに歩いていった。パラソルを引きずり、あちこち見るうちにお茶のことなど忘れてしまって、蘭があったな、野の花の咲いているところに鶴がいたな、中国風パゴダ[*56]があったな、真っ赤なトサカの鳥がいたな、などと思い出し、あっちに行きたい、そのあとはこう行きたいなどと願ったけれど、彼に引っ張られていった。

こうしてひと組またひと組と、どのカップルも同じようにてんでばらばらに、あてどなく動きながら花壇の脇を通り過ぎ、緑がかった青い水蒸気の層に幾度となく包まれていった。最初、彼らの体には実質があって色もついていたけれど、やがてその実質も色も緑がかった青い大気の中に溶けていった。とても暑かった！　あまりに暑いせいでツグミも花の陰《かげ》を選び、ぴょん、ぴょんと、長い間隔を挟《はさ》みながら機械じかけの鳥みたいに飛び跳ねていた。白い蝶たちは、何とはなしに飛びまわるのではなく縦一列になって舞い、ゆらゆら動く白い羽を持ち寄って、いちばん丈の高い花々の上に崩れた大理石の柱を描いた。パーム・ハウス[*57]ではガラスの屋根が光り、まるでキラキラした緑の日よけパラソルをいっぱいに並べた市場が、日差しを浴びながら営業を始めたみたいに見えた。飛行機のブーンという音を介し、夏空はみずからの猛々しい魂について語っていた。黄色と黒、ピンクとスノーホワイトなど、色とりどりのさまざまなかたちの男たち、女たち、子どもたちが一瞬だけ地平線上に浮かんだ。芝生に太陽が当たり黄色い日向が広がっているのを見て、彼らはためらい、樹々の下に日陰を求め、黄色と緑の大気に包まれて水滴みたいに蒸発し、かすかに赤や青のしみを残していく。ぼってりした重さのある体はいずれも熱を受けて沈みこみ、動きを止め、地面の上で丸くなり、声だけがゆらゆら離脱していく――まるで蠟燭《ろうそく》の太い胴から炎がゆらりと立ち上《のぼ》るみたいに。さまざまな声たち。そう、さまざまな声たちが聞こえる。言葉にならない声たちが、深い満足あるいは激しい欲望からにわかに静寂を破る。子どもが新鮮な驚きからにわかに静寂を破る。でも静寂を破ると言っても、静寂なんて存在しない、いつだってひっきりなしにバスが走り、ギアを入れ替えている。鋼鉄でできた巨大な中国式入れ子みたいに、箱の中の箱をたえまなく回転させながら、街はざわめいている。その上で、声たちは大きく叫び、無数の花びらは空中に色をきらめかせる。

The Mark on the Wall

壁のしみ

壁のしみ

あれはたぶん、今年の一月中旬だっただろうか。目を上げた私は壁のしみに初めて気がついた。日にちを絞りこむには何が見えたかを思い出す必要がある。そうしてみると、暖炉に火がくべてあったのがにわかに思い出される。私が開いた本の頁には、黄色い光の膜がずっと掛かっていた。マントルピースの上の丸いガラスの壺には三本の菊が挿してあった。そう、だから季節は冬で、私たちは紅茶を飲んだばかりだった。自分が煙草を吸っていたのを覚えている、そして目を上げて壁のしみに初めて気づいた。目を上げて煙草の煙の向こうを見て、私の目は少しのあいだ、赤く燃える石炭の上に留まった。すると城壁の塔に深紅《しんく》の旗が翻《ひるがえ》るというおなじみの空想が始まり、黒い岩の脇から赤い騎士団が馬に乗って駆け上がっていくという光景が浮かんだ。しみが見えてその空想はおしまいになったけれど、まあそれでよかった。おなじみの空想、自動的に浮かぶ空想で、たしか子どものときにこしらえたものだった。しみは小さく丸いかたちで、白い壁に黒く、マントルピースから上に六、七インチのところにあった。

私たちの思索って、新しいものに実にさあっと群がるようにできている。まるで蟻《あり》の群れが必死になって一本の藁《わら》を運ぶみたいによいこらしょと動かして、そしてそれっきり、放り出してしまう……。あのしみが釘を抜いた痕跡《こんせき》だとしても、大きな絵を掛けておく釘ではなかっただろうな。きっと細密画を掛ける釘だったんじゃないかな——描かれているのはご婦人で、巻き毛には白い髪粉[*58]がかけられ、頬には白粉《おしろい》がはたかれ、唇は赤いカーネーションみたい。もちろんこの家の前の住人たちとは縁もゆかりもないご婦人、というのも前の人たちはそういう理由、つまり古い部屋には古い絵が似つかわしいという理由で絵を選ぶ人たちだったから。そういうタイプの人たち——とても興味深い人たちだった。もう二度と会うこともないだろうし、その後どうなったかもわからないから、私はけっこう頻繁《ひんぱん》にこういう突拍子もない場面であの人たちのことを思い出す。僕たち、家具のスタイルを変えたくなって引っ越すんですと、あの男の人は言っていた。ちょうどこう言っていたんだった。僕の意見では、みんなが引き裂かれていくこんなご時世《じせい》だから、芸術は背後に思想を持たなければいけないんです。たとえば列車に乗って爆進していると、紅茶をついでくれようとしている老婦人からも、郊外住宅の裏庭でテニスボールを打とうとしている青年からも、僕たち、引き裂かれていくじゃないですか。

だけど、あのしみについては確信がない。やっぱり釘を抜いた痕跡とは違うんじゃないだろうか。そういう痕跡としては大きすぎるし丸すぎる。私が立ち上がればいいのかもしれないけれど、立ち上がって見たとしても、十中八九、確かなことは言えないんじゃないかな。一つのことをやってしまったあとでは、どうしてそうなったのかはわからない。ああ、不可解なるかな人生は！　不正確なるかなこの思索というもの！　無知なるかな人類は！　私たちが自分の持てるものすらほとんど把握できていない例として――まったく文明とか言いながら、生きていくのって本当に運まかせ――これまでの人生においてなくしたものをいくつか挙げたい。まずはなくしたのがすごく不可解だと常々思っているのが、製本用の道具を入れた三つの水色の缶――どんな猫が噛《か》んだ、どんなネズミが齧《かじ》ったというんだろう？　それから鳥籠、針金の輪、スケート靴の底につける鋼鉄の刃、アン女王時代[*59]の石炭入れ、バガテル・ボード[*60]、アコーディオン――全部どこかに行ってしまったし、おまけに宝石もそう。オパールとかエメラルドとか、蕪《かぶ》と一緒に転がっているはず。ほんと、生きていくって、こすり落とし削《そ》ぎ落とすこと！　いまこの瞬間、私がともかくも服を着て頑丈な家具に囲まれているのが不思議なくらい。だって人生を何かに喩《たと》えるなら、人生とは地下鉄の線路の上を時速五十マイルで吹き飛ばされるようなもの――向こう側の端に到着する頃には髪の毛のヘアピン一つ残っていない！　神の足元に丸裸で投げ出される！　茶色の紙包みが郵便局のポストにポンと放りこまれるみたいに、アスフォデル[*61]の野に頭から突っこむ！　競走馬の尻尾みたいに髪を背後になびかせて！　そう、こういう喩えなら、人生がいかに急速に飛び去っていくものか、いかに絶え間なく無駄にしたり修繕したりを繰り返しているかが表せるみたい。すべてが本当に偶然で、すべてが本当に行き当たりばったりだ……。

　でも、来世ってどんなだろう。太い緑の茎をゆっくり倒していくと、カップ状の花の内側が次第にのぞき、紫の光と赤い光がいっぱいにこぼれる。いったい全体、なんで来世《あちら》でなく現世《こちら》で生まれたんだろう？　現世《こちら》で生まれたせいで、私はこんなに寄る辺《べ》なく、こんなに無口で、視線も一点に定まらず、草花たちの根元、すなわち大いなる者たちの足先で手探りばかりしている。これが樹ですとか、こちらが男性であちらが女性ですとか、はたまたそういう区別があることとじたい、五十年もすればわからない境地にいたる。そしたらこんなふうだろうか。明るいな、暗いな、太い茎がいくつもあるな、たぶんちょっと上のほうに薔薇のかたちのぼやっと滲《にじ》んだのがあるな、はっきりしない色だな――ぼやけたピンクと水色だな――しばらくしてはっきりしてきたな、そして何になるかというと――わからないな……。

それにしても、壁のあれは穴じゃない。何か丸くて黒いものが付着しているのかもしれない。夏の名残の薔薇についていた小さな葉っぱとか。[*62] 私もそれほど抜かりのない主婦《ハウスキーパー》ではないから――たとえばあのマントルピースに積もり積もった埃《ほこり》を見てみるといい。一説によると、あの埃は古代都市トロイアを三回埋没させるくらいの量[*63]だとか。ただ壺の残骸のみ、断固として壊滅を拒んでいると信じたい。

窓の外の樹木が、とても優しげに窓ガラスを叩く……。私は静かに、穏やかに、ゆったり考えごとをしていたい。さえぎられるのはお断り、椅子から立ち上がる必要に迫られるのもお断り、一つのことからまた別のことへと、敵意を感じたり妨害を受けたりすることなく、楽々と移行していきたい。表面の確かな事実をいくつか摑《つか》んだら、表面から遠ざかり、下へ下へと沈潜したい。とっかかりに最初に浮かぶアイディアを摑んでみようか……。シェイクスピア[*64]はどうだろう……そうね、シェイクスピアでもいけそう。シェイクスピアが肘掛け椅子にどっしり座り、暖炉の火に見入っていると――はるか高い天上から、アイディアのシャワーが彼の精神へとひっきりなしに降りそそぐ。彼が額《ひたい》を手に預けると、開け放ったドアから人々が覗く――この場面は夏の夕べという設定だから――でもこういうのって退屈、こんな歴史小説なんか！私はちっとも惹かれない。何か楽しい思索に行き当たらないかな――遠まわしの自画自賛になるような思索、そういうのがいちばん楽しい。ねずみ色の服しか着ない控え目な人たち、褒められるのは苦手ですと本気で思っている人たちも、実はしばしばこういう思索に耽《ふけ》っていたりする。直接の自画自賛じゃない――そこがこの思索の麗《うるわ》しいところ。たとえばこんなふうだ――

「そして私は部屋に入っていった。みんなが植物について議論していた。キングスウェイの古い住居跡のごみ溜めで、一輪の花が咲いているのを見たことがあります、と私は言った。きっとチャールズ一世時代に蒔《ま》かれた種子でしょう、と私。チャールズ一世時代にはどんな花があったのでしょう[*65]」――そう私は問う（でも返答は覚えていない）。たぶん、丈のある、紫の房飾りのついた花ではないでしょうか。こんなふうに回想は続く。その間《かん》、私は心の中で、こっそり愛情をこめて自分の姿を飾り立てている。おおっぴらに自賛したりはしない、そんなことをしたら、すぐさま本に手を伸ばし自己防衛に走ることになる。それにしても奇妙だ、私たちは偶像崇拝などの自分を滑稽《こっけい》に見せかねない扱いとか、本来の自分から信じられないほど乖離《かいり》した扱いからは本能的に自己イメージを守ろうとする。いや、これはそれほど奇妙なことではないのかな？　むしろ重大案件か。もしも鏡が割れ、鏡に映ったイメージが消え、鬱蒼《うっそう》とした緑の森をさすらう自分というロマンティックなイメージが存在しなくなり、代わりに他人の見ている外側の殻しか残らないとしたら——世界はそよとも風の吹かない、浅い、むきだしの上っ面だけのものになる！　そんな世界には住めない。私たちはバスや地下鉄でおたがい顔を見合わせながら、その実、鏡を覗きこんでいる——だから私たちの目つきはぼんやりしていて、ときどき鏡面のように光る。こういう鏡像がいかに重要か、これからの小説家というもの、認識を深めていくだろう。もちろん鏡像は一つではなく、ほとんど無数にある。これからの小説家はこういう深みを探求していくだろうし、こういう幻を追求していくだろう。現実とはすでにみんなの知っているものなのだから、小説の現実描写はもっと省いていい。古代ギリシャ人、そしてたぶんシェイクスピアも実践したように——だけどこういう一般化って、まったく価値がない。一般化という言葉の軍隊めいた響き[*66]だけでもうたくさん。この言葉から連想されるのは、新聞の社説とか、閣僚とか——子どもの頃はそういう部類のことこそ大事なこと、標準となるべきこと、現実と言うべきことで、そこから逸脱しようものなら筆舌《ひつぜつ》に尽くしがたい呪いが待ち受けていると思っていた。この一般化という言葉からはどういうわけか、ロンドンの日曜日とか、日曜の午後の散歩とか、日曜の昼食とか、死者について語るときの作法とか、喪服とか、習慣とかを思い出してしまう——習慣と言えば、だれ一人望んでいないのに、一定の時刻になるまで一つの部屋で一緒に座っていないといけないというのもあった。[*67]あらゆることに規則があった。あの時代のテーブルクロスには規則があって、王宮の廊下の絨毯《じゅうたん》が写真で見るとそうなっているみたいに、小さな黄色い四角形が一面に並んだつづれ織りでなくてはならなかった。それ以外のテーブルクロスは現実のテーブルクロスじゃなかった。のちに判明したのは、こういう現実とされていたものたち、つまり日曜の昼食とか、日曜の散歩とか、カントリーハウスとか、テーブルクロスとかはかならずしも現実ではなく、半分くらいは幻に過ぎず、信じない者への呪いと言ってもせいぜい掟破《おきてやぶ》りの自由を味わうくらいだということ――これは衝撃だったけれど、素晴らしいことだった。あの頃の現実とか標準とかに当たるものって、いまでは何だろう？　女性にとってはたぶん男たち、そして彼らの視点かな。私たちの生は彼らの視点によって管理され、これが標準である、『ホイティカー年鑑』の「席次表」[*68]はかくあるべしと定められている。だけど『ホイティカー年鑑』の「席次表」だって、この戦争以来、多くの男女にとって半分くらい幻になりつつあるのだから、幻となった他のものたち、つまりマホガニーのサイドボードとか、ランドシーアの版画とか、神とか、悪魔とか、地獄とか、その他もろもろと一緒に、じきに笑ってゴミ箱に放りこめるといいな。[*69]そしたらみんながみんな、掟破りの自由にうっとりするかな――自由ってものが存在するならの話だけれど……。

光の当たりかた次第で、実際、あの壁のしみは壁から出っ張っているように見える。完全に丸いわけでもない。確信はないけれど影を落としているようでもある。壁のあの一帯を指でなぞったら、ある一点で、塚を――サウス・ダウンズの古墳群[*70]によく似たなだらかな塚を――登って下りた感じがするんだろうか。あの古墳群、お墓だろうとも陣営跡だろうとも言われている。その二択なら、私の好みとしてはお墓がいい。たいていのイギリス人と同じで憂愁《メランコリー》が好きだし、散歩の終わりに草地の下に横たわっている骨に想いを馳せるのも自然なことだと思っているから……。あの古墳群のことを書いた本があるんじゃないかな。きっとどこかの好事家《こうずか》が骨を発掘して、骨に名前をつけたんじゃないかな……。だけど好事家ってどんな人だろう？たぶん、おおかた退役《たいえき》した陸軍大佐というところか。高齢の作業員たちの一団を率いて古墳のてっぺんまで上がり、土くれや石を調査して、近隣の牧師と手紙を交わす。牧師からの手紙を朝食の席で開封するときには、いっぱしの重要人物になった気分。鏃《やじり》の比較のためには津々浦々のイギリスの町に旅行しないといけないけれど、それは大佐その人にとって、そして年齢を重ねてきた奥さんにとっても歓迎すべきこと。奥さんはプラムジャムを作りたいし、大佐の書斎を大掃除したいから、陣営跡かお墓かという大問題も当然ながら永遠に未決着であってほしい。そのあいだに陣営跡という証拠もお墓という証拠も集まってきて、大佐はまんざらでもない様子で熟慮を重ねる。最後には陣営跡のほうに傾くけれど、反論され、パンフレットを書き上げる。地元の協会が年に四回開催する例会において読み上げようとするものの、脳卒中に襲われて転倒。大佐の最期《さいご》の意識に上ったのは奥さんや子どものことではなく、陣営のこと、そして遺跡で見つけた鏃のこと。その鏃はいまでは地元の博物館のケースに収められている。一緒に展示されているのは殺人をやってのけた中国人女性の片足、エリザベス朝の釘がひと握り、おびただしい数のチューダー朝の陶製パイプ、ローマ時代の陶器の破片、ネルソン提督の使用したワイングラス――こういうものが何の証明になるのか、私にはさっぱりわからないけれど[*71]。

　本当にそうだ、何の証明にもならない、何もわからない。いまこの瞬間、もしも私が立ち上がって、あの壁のしみの正体は――何にしよう？――二百年前に打ちこまれた巨大な古釘の頭でした、何世代もかけて女中たちが根気よく壁を磨いてきた結果、壁の塗料がはげてようやく出現し、暖炉に火をくべた白壁の部屋にて初めて現代生活を目撃します、ということだったとしたら、私が得るものって何だろう?――そう知ったということ? さらに思索を巡らせるための材料? 立ち上がらずに座っていても、同じくらい思索はできる。それに知るってどういうこと? 学識豊かな男たちなんて、魔女や隠遁者《いんとんしゃ》、すなわち洞窟や森でうずくまって薬草を煎《せん》じ、トガリネズミ[*72]を尋問し、星々の言葉を書きつけていた者たちの末裔《まつえい》でしかないのでは? 私たちは迷信を疑い、心の美しさや健康をいっそう大事にするようになって、彼らをそれほど評価しなくなってきた……。そう、とても快適な世界のことだって想像できる。静謐《せいひつ》でゆったりして、開けた野に真っ赤な花や真っ青な花が咲いている世界。警官めいた特徴の人たち、すなわち教授とか専門家とか主婦とかの存在しない世界。魚が自分のヒレで水を切りながら泳ぐように、自分の思索をひらひらと動かしながら世界を泳ぎまわり、睡蓮の茎で身をこすり、白いウニに摑まってゆらゆら揺れる……。この水底《みなそこ》は本当に平和そのもの、世界の中心に根を下ろして灰色の水を見上げていると、急に水がキラッと光ったり反射したりする――『ホイティカー年鑑』がなかったらいいのに――「席次表」がなかったらいいのに!

私、ひと思いに立ち上がって、あの壁のしみが本当のところ何なのか、自分で見てみないといけない――釘なのか、薔薇の葉なのか、木材に入った割れ目なのか。

ところがここで〈自然〉がいま一度しゃしゃり出てきて、いつもながらの自己保身《じこほしん》を図ろうとする。〈自然〉は言う。この一連のお考えはエネルギーの浪費に過ぎません、現実とも嚙み合いません。だって『ホイティカー年鑑』の「席次表」を糾弾するなんて、そんなことだれにもできるはずないでしょう? カンタベリー大主教の次は大法官、大法官の次はヨーク大主教。だれもがだれかのあとに続く、それがホイティカーの哲学です。肝心なのはだれがだれに続くかを知ること。それはホイティカーが承知しているのですから、あなたも怒っていないで安心なさい――そう〈自然〉は諭《さと》す。あなたが安心できない、この平和なひとときをぶち壊しにしないと気が済まないというのなら、壁のしみのことを考えていなさい――

〈自然〉のやり口は理解しているつもりだ――興奮しそうな考え、あるいは苦痛をもたらしそうな考えを打ち切らせるべく、何かせよと促している。こういうことがあるから、私たちは行動する男たちを軽蔑しがちなんだと思う――何も考えていない連中だと決めつけてしまうのだ。とはいえ、壁のしみを見て嫌な思いを打ち切るというのは、やってみても損はない。

実際、あの壁のしみに目を据えてみると、大海の中で板きれを摑んだ気がする。その現実味には満足のいく手応《てごた》えがあるから、二人の大主教も大法官もただちに影が薄くなる。まさにこれこそ確実なもの、現実のもの。こんなふうに人は真夜中に悪夢から目覚め、急いで明かりをつけてじっと身を横たえ、木のタンスっていいな、頑丈でいいな、現実味があっていいな、私たち以外の存在の証明になってくれる非個人的な世界っていいな、と思うものだ。私がじっくり吟味したいのはまさにこれ……。考えてみると木材って快適だ。木材とは一本の樹木から取れるもの。樹木は成長するものだけれど、どんなふうに成長するのかを私たちは知らない。何年もの歳月をかけて、樹木は私たちに目もくれずに成長する。草地でも、森でも、川岸でも

——どこも考えを巡らせてみたい場所だ。暑い午後には、樹々の下で牛たちが尻尾をぶらんぶらんと振る。樹々のせいで川は一面の緑だから、アカライチョウが川にもぐってもう一度浮かび上がってくるときには、羽毛がみんな緑色に染まっているのではないかと期待してしまうほど。流れる川の水の中で、風にはためく旗みたいに魚がバランスを取っているのを想像するのもいい。ゲンゴロウが川底に泥の丸屋根をゆっくり築いている様子を思い浮かべるのもいい。一本の樹木になったらどうだろうと考えてみようか。まずは木でできているわけだから、みっちり詰まった、乾いた感覚がある。嵐の中ではもみくちゃになる。美味《おい》しい樹液をじわりと滲《にじ》ませる。それから冬の夜、荒涼とした野に佇《たたず》むところを想像するのもいい。葉っぱという葉っぱをきつく縮こまらせ、月の放つ鉄の弾丸の前に柔らかなところを一切さらすまいとしている様子は、夜通し轟々《ごうごう》と揺れる大地に打ち立てられた裸の帆柱《ほばしら》のよう。六月には鳥たちの歌がとてもやかましくて変な感じだろうし、昆虫たちの脚が這っていく冷たい感触もあるだろう——昆虫たちはデコボコした樹皮をよじ登り、薄い緑の覆いのように生い茂る葉の上で日向《ひなた》ぼっこして、カットしたダイアモンドみたいにたくさん面のついた赤い眼でまっすぐ前方を睨む……。やがてパキン、パキンと、大地の冷たい重圧を受けて一本ずつ細い根が切れ、最後の嵐に耐えかねてどうと倒れ、頂の枝が地面に戻り、深く食いこむ。でも、それが生命の終わりじゃない。一本の樹木は無数に分割され、ひたすら周囲を見守る生活に入る——世界中のいたるところで、寝室で、船で、歩道の一部として、男女が紅茶を飲んだあとで座って煙草をくゆらせる部屋の壁板として。この樹木というものには平和な思索、幸せな思索がいっぱい詰まっている。これらの思索を選《え》り分けて、一つずつ取り出してみようかな——でも何かがさえぎる……。ここはどこ？　いったい何のことだっけ？　樹木？　川？　ダウンズ？　ホイティカー年鑑？　アスフォデルの野？　どうにも思い出せなくなってしまった。あらゆるものが移動して、ガラガラと崩れ、遠のいたり消えたりしていく……。一切合切《いっさいがっさい》の大変動だ。だれかが私の前に立ちはだかって口をきく——

「外に出て新聞を買ってくるよ」

「そう？」

「新聞なんて買ってもしょうがないけどさ……。なんにも起きないし。まったく、この戦争ときたら！　こんな戦争、ほとほといやになるな！　だけど、なんで僕たち、壁にカタツムリを這わせていないといけないんだい」

ああ、壁のしみの正体！　カタツムリだった。*73

注

「幽霊たちの家」

＊1　イギリス南部に点在しているなだらかな丘の呼称。ダウンズとも。チョーク質の土壌からなり、ほとんど高木は生えず、草に覆われている。

「ある協会」

＊2　一八四一年に設立された図書館。同じくロンドンにある有名な大英図書館は館内閲覧のみだが、ロンドン図書館では会員登録した人に本の貸し出しも行う。
＊3　いずれもイギリス文学に名を残す、著名な男性作家たち。ウィリアム・シェイクスピア（一五六四〜一六一六）は『ロミオとジュリエット』など数々の戯曲や詩を書いた劇作家、詩人。ジョン・ミルトン（一六〇八〜七四）は長詩『失楽園』で知られる詩人。パーシー・ビッシュ・シェリー（一七九二〜一八二二）はロマン派の代表的詩人（ただし二十一世紀現在は、『フランケンシュタイン』を書いた妻のメアリ・シェリーのほうが一般には知られているかもしれない）。
＊4　イギリスの国家公務員の要職で、閣僚であり、二〇〇五年の制度改革以前は上院の議長であり最高裁判所長官も兼ねていた。「壁のしみ」にも言及がある（本書一〇四頁）。
＊5　オックスフォードとケンブリッジはイギリスの街で、それぞれ中世に始まる伝統的な二大学がある。ロイヤル・アカデミー・オブ・アーツは一七六八年に設立されたイギリスを代表する芸術団体。美術学校や美術館を運営し、毎年夏には美術展を開催している。テート・ギャラリーは一八九七年に開館した美術館。イギリス美術のコレクションがある。
＊6　一九一〇年二月七日、ヴァージニア・スティーヴン（スティーヴンはヴァージニア・ウルフの旧姓）は、アビシニア（現エチオピア）王子とその随行者のふりをしてイギリス海軍の軍艦ドレッドノート号を視察するといういたずらに加わった（「訳者解説」も参照）。本作品では鞭打ちも含め、そのときのエピソードが脚色され使われている。
＊7　鞭打ち回数の判断材料にするために相手の階級を当てようと遠まわしな質問を重ねながらも、女性の名を訊き出すのはあまりに憚られることだと艦長は考えているのかもしれない。あるいは一九一〇年のドレッドノート号侵入事件のあと、ヴァージニアの従兄にあたる海軍大将が、自分は血縁なので従弟にあたるエ

イドリアン（ヴァージニアの弟で、いたずらに参加していた）に体罰は加えられない決まりに海軍ではなっていると、実際に言ったことにもとづくインサイダー・ジョークか（ベル 1976:364）。

＊8　一八〇五年、スペイン沖で、イギリス海軍がフランス・スペイン連合艦隊を撃ち破った海戦のこと。なぜ「曾お祖母さまの叔父さま」がこの戦争で戦死したという事実があると鞭打ちの回数が減るのかは不明だが（そもそも〇・五回という鞭打ちをどう実行するのかも不明である）、艦長は、あなたも海軍にご縁があるのだから少しだけ緩やかな報復にしてほしいというつもりだったのかもしれない。

＊9　ヘレンの台詞はイギリスの男性詩人の書いた有名な詩句の継ぎはぎでできている。出典は次のとおり。

〈ああ！　もういまは……〉はアルフレッド・テニスン（一八〇九～九二）「砕けよ、砕けよ、砕けよ」より。

〈狩人の……〉はR・L・スティーヴンスン（一八五〇～九四）「鎮魂歌」（一八八七）からのやや不正確な引用。

〈男は手綱を……〉はロバート・バーンズ（一七五九～九六）の「すべては正統なる我らが王のため」より。

〈愛は甘く……〉はA・C・スウィンバーン（一八三七～一九〇九）「プロゼルピーヌ賛歌」のパロディか。

〈春……〉はトマス・ナッシュ（一五六七～一六〇一頃）「春」の第一行。

〈ああ！　四月の……〉はロバート・ブラウニング（一八一二～八九）「異国で故郷を想う」の冒頭二行。

〈男は……〉はチャールズ・キングスリ（一八一九～七五）「三人の漁師」より。

〈義務の道は……〉はアルフレッド・テニスン「ウェリントン公死去に際しての頌歌」より。

ヘレンはロイヤル・アカデミーで観てきた絵画のために、コントロール不能なくらい愛国心を鼓舞されているらしい。一九一九年、ウルフは同年に開かれた第一五一回ロイヤル・アカデミー美術展の感想を、『アセニウム』誌一九一九年八月二十二日号に発表している。戦後初めての開催となったその美術展は、家庭生活や戦争の悲惨を伝統的な手法通りに描き出した大作が多く（たとえばジョン・シンガー・サージェントの『毒ガスを浴びて』など）、ウルフはそれらの絵画をあまりにナイーヴだと感じて辟易したようである（Woolf 1988:89-95）。

＊10　サラ・エリス『イングランドの娘たち――その社会的地位、性質、責任』（一八四二）のタイトルから。同書は若い女性たちに向けた教訓書で、妻として母として、女はよい影響力をもたらさねばならないと説くもの。

＊11　オックスフォードとケンブリッジを組み合わせた表現。両大学には長いあいだ男性教員しか在籍せず、男子学生しか受け入れてこなかったが、オックスフォード大学では一八七九年、ケンブリッジ大学では一八六九年に女子学生のためのカレッジが初めて創設された。しかし女子学生に学士号を授与するようになるのはオックスフォード大学で一九二〇年、ケンブリッジ大学で一九四八年になってからというように、男女平等にするための制度改革にはまだ時間がかかった。
＊12　ダリッジはロンドン郊外の街。アロエの花は竜舌蘭の誤りか？
＊13　紀元前七〜六世紀、古代ギリシャの女性詩人。古代ギリシャ文学を代表する詩人の一人として尊敬を集めてきた一方で、その実像については諸説入り乱れており、十九〜二十世紀初頭ヨーロッパでは、実際にサッフォーが純潔だったかどうか論陣を張る学者もいた。女性同性愛者を意味する「レズビアン」の呼称はサッフォーの住んでいたレスボス島に由来するが、サッフォー＝女の同性愛者というイメージが定着していくのはおよそ一九二〇年代以降である。Reynolds 2001を参照（第十二章ではウルフの本作品も取り上げられている）。
＊14　十九世紀のイギリス女性は性についての話題を避け、慎み深くふるまうことを期待されていた。また小瓶に香水を入れて持ち歩き、気絶しそうになると匂いを嗅いで気持ちを落ち着けるという習慣があった。時代は二十世紀に入っているが、カスタリアは母世代の習慣を意識したふるまいをしている。
＊15　カスタリアはギリシャ神話に登場する、太陽神アポロの求愛を拒んで泉に身を投げた女の精霊の名前でもある。精霊が求愛を拒み「純潔」で通したことに対する発言。
＊16　優生学的な人種改良イメージと、精子バンクや人工授精などの生殖技術イメージの合体。どちらも同時代イギリスの他の作家による作品にも登場する。前者はローズ・マコーリーの『その他もろもろ——ある予言譚』（一九一八）、後者はオルダス・ハクスリーの『すばらしい新世界』（一九三二）など。
＊17　ロンドンの高級住宅街。
＊18　イギリスでは、食卓で大きな肉を切り分けるのは家長である男性の役割だった。
＊19　『高慢と偏見』を書いたジェイン・オースティン（一七七五〜一八一七）、『ジェイン・エア』を書いたシャーロット・ブロンテ（一八一六〜五五）、『ミドルマーチ』を書いたジョージ・エリオット（一八一九〜八〇）などの優れた女性小説家がイギリスにも存在してきたではないか、彼女たちこそ立派な芸術家ではないかとポルは言いたい。

＊20　アーノルド・ベネット（一八六七～一九三一）やデズモンド・マッカーシー（一八七七～一九五二）の議論を踏まえている（「訳者解説」を参照）。
＊21　二十世紀初頭イギリスで人気作家となっていた男性たちである。H・G・ウェルズ（一八六六～一九四六）、エドワード・コンプトン＝マッケンジー（一八八三～一九七二）、スティーヴン・マッケナ（一八八八～一九六七）、ヒュー・ウォルポール（一八八四～一九四一）。ベネットは前注を参照。
＊22　現イースト・サセックス州にある、イギリス海峡に面した街。
＊23　名門パブリックスクール（私立の中高一貫校）の一つ。エリザベスは男性書評家として過ごしてきたせいで、原稿は中身などどうでもよい、金もうけになればよいという悪しき「常識」に染まっている。
＊24　イギリスは一九一四年八月四日にドイツに宣戦布告し、第一次世界大戦に参入した。
＊25　イギリスの国会は上院と下院の二院制で、下院は日本の衆議院に当たる。イギリスの女性が条件つきながら参政権を獲得するのは一九一八年なので、本作品の時代設定においてこの時点の国会議員は男性だけである。第一次世界大戦直前の一九一〇年代初頭、女性参政権運動はピークに達していたので、「すっかり忘れていた」はずはないが、ウルフはあえてトボけた状況にしている（「訳者解説」も参照）。
＊26　ポルはヨーロッパ近代史の知識を披露しようとしている。該当する戦争には、それぞれ七年戦争（一七五六～六三）、フランス革命戦争（一七九二～九九）、ロシア・ペルシャ戦争（一八〇四～一三）、普墺戦争（一八六六）、普仏戦争（一八七〇～七一）、黄金の床几戦争（一九〇〇）が考えられる。
＊27　第一次世界大戦の講和条約、ヴェルサイユ条約とも。一九一九年六月二十八日にヴェルサイユ宮殿にて調印された。
＊28　イギリスの政治家で、第一次世界大戦中から戦後にかけて首相を務めていた（在任一九一六～二二）。
＊29　ベネットやマッカーシーの議論を踏まえている（「訳者解説」を参照）。
＊30　現パキスタン北部の街で、イギリス植民地時代の主要都市の一つ。

「月曜か火曜」

＊31　断片的な会話から意味を特定するのは難しいが、第一次世界大戦から時間を経て、ようやく配給制ではなくなった砂糖が話題になったのを受けて、今後のイギリス連邦（コモンウェルス）の政治や経済に関する議論が行われようとしている場面か。

第一次世界大戦では、大英帝国内の自治領や植民地からも兵士や物資が集められ、イギリス側について戦ったので、これらの諸地域の発言権が増した。一九一九年の講和会議にはカナダや南アフリカなどの自治領からも代表が出ており、British Empire に代わる名称として British Commonwealth of Nations が提案されていた。この名称は一九二一年のイギリス・アイルランド条約の条文に書き込まれ、一九三一年のウェストミンスター憲章によって正式にイギリスと自治領の国家連合体の名称となり、第二次世界大戦後には British をつけずに the Commonwealth of Nations になる。本作品では The commonwealth と出てくるのみだが、この国家連合体を指すものと解して訳出した。

「書かれなかった小説」

＊32　第一次世界大戦の講和条約のこと、ヴェルサイユ条約とも。ヴェルサイユ宮殿で一九一九年六月二十八日に調印され、フランス外務省にて一九二〇年一月一〇日に批准された。フランチェスコ・サヴェリオ・ニッティ（一八六八〜一九五三）は一九一九年からイタリア首相だったが、イタリア国内の政局は講和条約への不満がくすぶり、一九二〇年六月には退任。ドンカスターはイギリスの現サウス・ヨークシャー州の街。

＊33　イギリスのランカシャー州の街ブラックプールで、実際に一九一九年十二月二十四日にとある女性が恋人であった男性に殺されるという事件が起き、新聞で大きく報道されていた。

＊34　語り手はロンドンのヴィクトリア駅始発の列車に乗り、サリー州から当時のサセックス州へと南下しているという設定。スリー・ブリッジズと、このあと出てくるルイスは途中の駅名で、イーストボーンが当時の終着駅だった。

＊35　現イースト・サセックス州にある、イギリス海峡に面した街で、この列車の終着駅。

＊36　アルバート公はイギリスのヴィクトリア女王の夫（一八一九〜六一）。ポール・クリューガー（一八二五〜一九〇四）はトランスヴァール共和国（現在の南アフリカ共和国）の政治家。イギリスの植民地だったトランスヴァール共和国で独立闘争を指揮、第一次ボーア戦争（一八八〇〜八一）後に南アフリカ共和国の初代大統領となり（在任一八八三〜一九〇〇）、第二次ボーア戦争（一八九九〜一九〇二）では支援を求めてヨーロッパ諸国を訪問、スイスで客死。

＊37　ロンドンの南にある街。当時はサリー州に属していたが、現在はロンドンの一部。

＊38　ドレーク船長ことフランシス・ドレーク（一五四〇頃〜一五九六）はイギリスの海賊。エリザベス女

王公認で中南米のスペイン領で略奪を繰り返した。
＊39　イギリスの大衆向け雑誌（一八七七～一九五七）。
＊40　現イースト・サセックス州にある駅。イーストボーンまであと数駅である。
＊41　ジョン・マーシュ、ヒルダの夫を指す。
＊42　ウィルフレッド・オーウェン（一八九三～一九一八）の戦争詩「死にゆく若者たちへの挽歌」（一九一七年に執筆、一九二〇年に出版）を意識した表現か。同詩は「家畜のように死にゆく者たちに、どんな弔いの鐘が鳴るのか」と始まる。「書かれなかった小説」の執筆・発表のほうが同詩の出版より先だが、ウルフはどこかで同詩に触れていたのかもしれない。
＊43　ロンドン中心部のシティにある、イングランド国教会の大聖堂。ロンドンの代表的なランドマークとして、人々が出入りする信仰の場所として、ウルフは他の作品でもたびたびセント・ポール大聖堂に言及する。
＊44　交通事故の場面をうまく想像できなかったことの形容か。

「弦楽四重奏」

＊45　ランドーは豪華な四輪馬車で、向かい合って座ることができ、二頭の馬に牽かせる。
＊46　「リージェント・ストリート」はロンドン中心部のショッピングストリート。一八九〇年代～一九二〇年代に、景観を整えるための工事をたびたび行っていた。「講和条約」ないしヴェルサイユ条約は一九一九年六月二十八日にヴェルサイユ宮殿にて調印された。「この最悪のインフルエンザ」は一九一八年から一九二〇年にかけて流行した、いわゆるスペイン風邪のこと。
＊47　おそらく一九一九年七月十九日の平和記念日（ピース・デー）に行われた「勝利のパレード」のこと。六月二十八日のヴェルサイユ条約調印を祝って行われたもので、ジョージ五世（在位一九一〇～三六）の見守るなか、連合国側の約二万人の元兵士たちがロンドンの街路を歩いた。
＊48　ウィルトシャー州の町。ロンドンから西へ一五〇キロの位置にある。
＊49　スイスからフランスに流れる河。
＊50　ヴォルフガング・アマデウス・モーツァルト（一七五六～九一）は十代で『ミラノ四重奏曲』や『ウィーン四重奏曲』などの弦楽四重奏曲を書いた。しかし本作品でウルフが特定の曲を想定しているかは不明。
＊51　中世からルネサンス期に使用されていたトランペットの一種。

「青と緑」

＊52　ホガース・プレスよりイギリスで出版された版では「沈む sink」だが、同年にハーコート・ブレイス社より出版されたアメリカ版では「歌う sing」となっている。後者だと「怪物は水に押し潰されそうになりながら歌を歌う」となる。

「キュー植物園」

＊53　第一次世界大戦での過酷な戦闘体験から、心身の不調に苦しむ兵士たちが数多く出現した。当時は原因がわからず「シェルショック（シェルとは砲弾のこと）」「戦争神経症」などと呼ばれた。

＊54　テッサリアはギリシャ中部の地域で、神々が住むというオリュンポス山がある。「雷鳴のような轟音」のイメージは、第一次世界大戦の戦場で大砲の轟音が響いていたことに由来するかもしれない。なお、ウルフの『ダロウェイ夫人』に登場するセプティマス・ウォレン・スミスも第一次世界大戦の帰還兵で、死者たちはテッサリアに集まっていると考えている。

＊55　イギリスではミドル・クラス（中流階級）の内部も「アッパー・ミドル」「ミドル・ミドル」「ロウワー・ミドル」などと細かく分け、仕草や言葉遣いや考えかたがそれぞれ違うとみなすことがある。

＊56　建築家のウィリアム・チェインバーズ（一七二三〜九六）が十八世紀イギリスで流行していた中国趣味を背景として建てた塔で、一七六二年に完成。

＊57　鉄枠とガラスでできた大きな温室で、椰子の木などの背の高い植物が収められている。建築家のデシマス・バートン（一八〇〇〜八一）のデザインにもとづき鋳鉄業者のリチャード・ターナー（一七九八〜一八八一）が建築し、一八四八年に完成した。

「壁のしみ」

＊58　髪にパウダーを付ける風習は十七世紀にフランスからイギリスの宮廷にもたらされ、十八世紀の終わりまで続いた。

＊59　イギリスの国王（在位一七〇二〜一四）。

＊60　ビリヤードに似たゲーム。

＊61　ギリシャ神話において死者の国に咲く花とされる。

＊62　アイルランド詩人トマス・ムーアの「夏の名残の薔薇」に掛けた表現か。この詩にはメロディが添えられ、ウルフがよく口ずさんでいた。日本では「庭の千草」として知られる歌。

＊63　トロイアは古代ギリシャの叙事詩『イーリアス』『オデュッセイア』などに登場する古代都市で、トロイア戦争の舞台。ドイツの考古学者ハインリヒ・シュリーマンによって一八七〇年代に発掘調査が行われてから、トロイア戦争時代の遺跡を含め、トロイアには時代の異なる九層の遺跡があることが確認された。本作品の「三回埋没させるくらいの」埃は、このことに掛けた誇張表現。

＊64　ウィリアム・シェイクスピアはイギリスの劇作家、詩人。「ある協会」にも言及がある（本書一六頁）。

＊65　キングスウェイは一九〇五年に開通したロンドン中心部の大通りの名前。二十世紀初頭のロンドン再開発の一環として作られ、同地にあった貧困地区が一掃された。チャールズ一世は一六二五年にイギリス国王となり、ピューリタン革命の中で一六四九年に処刑された。

＊66　「一般化generalizations」と「将軍general」の言葉遊び。「一般化」は規格化するという意味だから軍隊の規律に通じる、とも言いたいのかもしれない。

＊67　ミドル・クラスの娘たちが自宅の一室で他の家族や客人たちと一緒に座り、お茶の接待などの女性役割を果たさねばならなかったことへの言及。この習慣が娘たちにとってしばしば苦痛だったことを、ウルフは『夜と昼』（一九一九）や『歳月』（一九三七）などの小説や、『自分ひとりの部屋』（一九二九）や『三ギニー』（一九三八）などの評論で繰り返し強調している（『自分ひとりの部屋』というタイトルにはこの習慣への批判の意味あいがある）。

＊68　『ホイティカー年鑑』はジョゼフ・ホイティカーが一八六八年に創刊した年鑑で、社会情勢や時事に関する情報を集めたもの。「席次表」は『ホイティカー年鑑』に掲載されている「グレート・ブリテンにおける席次表」のことで、儀式の際の順番を定めたもの。国王、皇太子、国王の弟たち、国王の叔父たち、大使たち、カンタベリー大主教、大法官、ヨーク大主教、首相……と続く。ウルフはこの「席次表」を社会のヒエラルキーの象徴とみなしていたようで、ウルフのエッセイ『三ギニー』にもこの表への言及がある。

＊69　「この戦争the war」は第一次世界大戦への言及。エドウィン・ランドシーア（一八〇二～七三）はイギリスの画家。とくに動物画がヴィクトリア女王から庶民にまで愛好された。兄のトマス・ランドシーア（一七九五～一八八〇）が銅版画に仕立てたものも廉価でよく出まわった。

＊70　サウス・ダウンズとは、イギリス南部、イースト・サセックス州からハンプシャー州にまたがる丘陵のこと。「悪魔のジャンプ」「悪魔のこぶ」などの名称で知られる土塁のかたちの遺跡が複数ある。

＊71「殺人をやってのけた中国人女性の片足 the foot of the Chinese murderess」は、暴力性と纏足を接合したイメージで、博物館の展示物にされているのもオリエンタリズム的だが、詳細は不明。ホレーショ・ネルソン（一七五八〜一八〇五）はイギリス海軍提督で、フランス革命戦争とナポレオン戦争に従軍。ナポレオン戦争では一八〇五年、フランス・スペイン連合艦隊をトラファルガー沖の海戦で破り、戦死した。

＊72 ネズミに似た小さな哺乳類で、尖った口吻に特徴がある。英語では shrewmouse といい、shrew に「悪漢」「悪女」「ガミガミ女」の意味があることから、魔女や隠遁者に関連のある動物としてここで挙げられているのかもしれない。

＊73「釘 nail」かと思っていたものが、「カタツムリ snail」だったという言葉遊びがある（nail/snail）。

訳者解説

片山亜紀

本書はイギリスの作家ヴァージニア・ウルフ（一八八二〜一九四一）の短編集『月曜か火曜』（*Monday or Tuesday*, 一九二一）の全訳である。訳出にはコーネル大学図書館デジタルコレクションズによる *Monday or Tuesday* (Richmond:The Hogarth Press, 1921) を底本として、他の英語版や日本語訳も適宜参照した。

本書の八つの短編にはいずれも邦訳があるが、八篇すべてを一冊に収録した邦訳はこれまで出ていない。そこで本書は『月曜か火曜』のいわば復刻版を目指した。八篇をもとの順番に並べ、初版で使われていたウルフの姉ヴァネッサ・ベル（一八七九〜一九六一）による四枚の木版画をもとの位置に相当するところに挟み、同じくベルによる表紙を扉絵にした。読みやすさを考慮して「ある協会」と「書かれなかった小説」には改行を増やしたが、それ以外の短編に新たな改行は加えなかった。

一九二一年に出版された *Monday or Tuesday* は薄い小冊子で、ウルフが夫のレナード・ウルフ（一八八〇〜一九六九）とともに始めた出版社、ホガース・プレスから出ている。印刷の状態がよくなかったせいもあるのか、出版当時はあまり注目されず、最初の一年でようやく五百部が売れた程度だった。[*1] 同年のうちにハーコート・ブレイス社から出版されたアメリカ版を除いて、ウルフの生前に『月曜か火曜』が再出版されることはなかった。彼女の死後の一九四四年、ようやく『月曜か火曜』収録作のうち六篇が『幽霊たちの家その他の短編集』に収められ、改めて出版された。[*2] その後、彼女の作品への全体的な評価が高まる中で、一九八五年、スーザン・ディック編による『ヴァージニア・ウルフ全短編集』が出され、『月曜か火曜』に収録された八篇すべてが読めるようになった。

現在、『月曜か火曜』は、ウルフが本格的なモダニズム小説家として飛躍を遂げた出発点に位置づけられ、本書の延長上に『ジェイコブの部屋』(一九二二)、『ダロウェイ夫人』(一九二五)、『灯台へ』(一九二七)、『オーランドー』(一九二八)、『波』(一九三一) など、その後の長編小説が続くと一般に理解されている。しかしそう図式的に捉えなくても、おそらく本書を読めば、まずは形式の斬新さが目を引くのではないだろうか。八作品にはどれも各々の形式がある。「幽霊たちの家」はゴースト・ストーリー。「ある協会」はフェミニズムを主題にした冒険活劇。「月曜か火曜」は都市の一日のスケッチ。「書かれなかった小説」はメタフィクション。「弦楽四重奏」は音楽のスケッチ。「青と緑」は色彩のスケッチ。「キュー植物園」は草花と人々とカタツムリのコラージュ。そして「壁のしみ」は短編小説と評論のハイブリッド。

同時に、ウルフが真摯なフェミニストであったことが広く認識されるようになった現在、フェミニズムがすでにここにあることに感銘を受けるかたも多いに違いない——『自分ひとりの部屋』（一九二九）や『三ギニー』（一九三八）の何年も前である。たとえば本書収録の八篇のうち最初に書かれた「壁のしみ」では、家父長制社会における知のヒエラルキー批判がなされる——「学識豊かな男たちなんて、魔女や隠遁者《いんとんしゃ》、すなわち洞窟や森でうずくまって薬草を煎《せん》じ、トガリネズミを尋問し、星々の言葉を書きつけていた者たちの末裔《まつえい》でしかないのでは？」（一〇三頁）また、本書の二作目に収録された「ある協会」では、慇懃無礼《いんぎんぶれい》な男たちのミソジニーに気づいた女性が鋭く指摘する——「私たちを軽蔑しきっているから、私たちが何を言おうと気に留めないのよ」（三二頁）。本書の中で「ある協会」はもっともフェミニズムの主張が明確だが、それを二作目——短い「幽霊たちの家」をいわば序曲とする、本格的なオープニング——に据えたという事実からは、ウルフがいかにフェミニストとして旗幟鮮明《きしせんめい》であろうとしたかがうかがえる。

以下、ウルフが本書を書くにいたった経緯をたどったあと、作品ごとの解説を記し、最後に本書がウルフにとってどんな意味を持っていたかを紹介したい。

三つの原体験（一九一〇年）

やや遡ることになるが、本書出版の十一年前、一九一〇年に戻ってみたい。ウルフはのちに評論「小説の登場人物」（一九二四、同年のうちに「ベネット氏とブラウン夫人」と改題して再出版している）において「一九一〇年十二月前後に人間の性質《キャラクター》は変わったのです」と主張し、この年を大きな変化の年と捉えていた（Woolf 1988:421)。なお、一九一二年に結婚するまで彼女はヴァージニア・スティーヴンだったので、以下の記述では適宜「ヴァージニア」とも呼ぶ。

一九一〇年のヴァージニアは二十八歳になったところだった。六年前から書評や評論の仕事を始め、長編小説第一作となる『船出』も書き進めていた。母ジュリア・スティーヴン、異父姉ステラ・ダックワース、父レズリー・スティーヴン、兄トービー・スティーヴンはすでに亡くなり、彼女は弟エイドリアン・スティーヴンと、母の生前から料理係としてスティーヴン家に住みこみで働いていたソフィー・ファレルとともに、ロンドンのブルームズベリ地区で暮らしていた。姉ヴァネッサ・ベル、その夫クライヴ・ベル、子のジュリアンも至近距離に住んでおり、一九一〇年にベル夫妻のもとには二人目の子となるクエンティンが生まれている。ヴァージニアおよびヴァネッサの家には故トービーの大学時代の友人たちが訪れ、のちにブルームズベリ・グループと呼ばれることになる交友関係が形成されつつあった。

イギリス社会に目を向けると、一九一〇年はそれまでの政治体制が大きく揺れ動いた年だった。エドワード七世が死去してジョージ五世時代に移行し、国会は二回解散になり、一月と十二月に総選挙が行われた。さまざまな社会運動、労働争議、そしてアイルランド自治をめぐる運動が激化しており、四年後の一九一四年に第一次世界大戦が始まらなかったら内戦が勃発していただろうと述べる歴史家も少なくない。そうした混沌とした年に、ヴァージニアはその後何度も反芻することになる三つの体験をした（Lee 1996:278-92, Stansky 1996:17-69, 174-236）。

第一に女性参政権運動である。イギリスでは十九世紀に三度の選挙法改正があり、財産資格などが改定されて男性有権者は増えていったが、女性は一律に国政から排除されていた。一八六〇年代には女性参政権運動が始まるが、男性議員だけからなる国会で女性参政権を認めるかどうかが審議されても、繰り返し否決に終わっていた。二十世紀に入って運動は全国に広がり、一九〇七年からは数千人、数万人規模のデモ行進や集会が行われるようになる。しかしやはり国会での審議は進まず、エメリン・パンクハーストらの〈女性社会政治連合〉のように焦燥感を募らせて、商店街の窓ガラスを割るなどの直接行動に訴えて人々の注目を集めようとするグループもあった。一九一〇年一月の総選挙前後には、国会で法案を通過させるべく、女性たちはさまざまな働きかけをしていた（ストレイチー 2008: 84-103, 220-70）。

ヴァージニアが運動に関わったのはこの時点だった。かつての家庭教師ジャネット・ケースに頼んで、女性協同組合の書記長を務めていたマーガレット・ルウェリン＝デイヴィスが新たに立ち上げたグループ〈人民の参政権連盟〉を紹介してもらい、封筒の宛名書きのボランティアを引き受け、定期的にこのグループの事務所に通った。

また一九一〇年のうちに大きな集会にも何度か足を運んだ。当時の手紙からたどるかぎり、どちらかというと慎重な関わりだったが、それでも多くを感じ取り、その印象をその後の作品――とりわけ『夜と昼』(一九一九)、『歳月』(一九三七)、『三ギニー』など――に反映させた。またデイヴィスとは生涯にわたり親交を続けた。[*3]

第二の体験は、弟エイドリアンとその友人たちに誘われて、あるいたずらに加わったことである。それはアビシニア(現エチオピア)の王族一行のふりをして戦艦ドレッドノート号を視察する――という突拍子もないいたずらで、この体験からもヴァージニアは多くを学んだ。ドレッドノート号は十九世紀末に始まったドイツ海軍との建艦競争の中で造られた戦艦で、イギリス海軍の威信をかけた最新兵器だった。折しも一九一〇年一月の総選挙では、同型の戦艦を増やすための財源を土地課税に求めるかどうかが争点になっていた。[*4] エイドリアンたちはあえてこの注目の戦艦を狙い、海軍の厳重な警備をかいくぐって乗艦できるかを試すことにしたのである。二月七日に行われたこの試みは大成功で、総勢六人の一行はドレッドノート号の艦上でブラスバンドの歓迎を受け、まんまと四〇分の視察を完遂した。

いたずらを遂行したあと、参加者たちは正体を明かさないことにしていたが、そのうち一人が黙っていられなくなり、わざわざ外務省に全容を明かした。外務省は海軍に問い合わせ、新聞各紙も面白おかしく書き立て、下院でも海軍大臣に質問がなされた。海軍大臣以下、厳罰に処すよりも取り合わないか、取り合ったとしても参加した男たちへのごく形式的な鞭打ちで済まそうとしたために、その〈ことなかれ〉主義が、さらに参加者たちの失笑を買うことになった。

ヴァージニアは実行の二日前に人数が足りないからと誘われ、アビシニアの王子の一人という役柄を引き受けて、顔を黒塗りにして衣装をまとい、ターバンの中に長い髪を隠して参加した。二十一世紀のいま、黒塗りメイクをしたり、他民族の人を「いたずら」目的で真似《まね》たりすることは、差別的と見なされ激しい批判の対象になるが、ヴァージニア本人にも、周囲の人たちにも、そういう自覚はなかったようだ。本人は参加したことを終始誇りにしており、本書収録の「ある協会」でこの体験を脚色して使っている他、一九四〇年、第二次世界大戦のさなかにも回想録を読み上げている(ベル 1976:363-66)。

第三に、ヴァージニアは美術批評家ロジャー・フライと出会い、彼の企画した『マネとポスト印象派展』を訪れた。フライはイタリアのルネサンス美術を専門とする批評家だったが、数年前からセザンヌに関心を寄せていた。一九一〇年一月、フライはヴァネッサ・ベル、クライヴ・ベルと親交を深め、ヴァージニアとも知り合う。当時のイギリスでは十九世紀後半フランスの印象派がようやく受容されつつあったものの、ポスト印象派のフランスやオランダの画家たち——セザンヌ、ゴッホ、ゴーギャン、マティスなど——はほとんど未紹介だった。そこでフライは十一月から翌年一月にかけて、ロンドンの画廊で『マネとポスト印象派展』を開催することにした。従来の絵画における約束事を大胆に無視し、対象の持つフォルムやリズムに迫ろうとするポスト印象派の絵画は、幼児的だ、狂気の沙汰だと新聞などでスキャンダラスに書きたてられ（二十一世紀の現在からするとむしろ想像しにくい反応だが）、それが宣伝効果にもなって大勢の来場者を集めた。

ヴァージニアはクライヴ・ベルからポスト印象派絵画がいかに優れているかを聞かされた上で、『マネとポスト印象派展』を訪れている。クライヴ・ベルの意見にすぐさま感化されたわけではなかったが、彼女はこの時期から絵画での実験的な試みを文学に応用する方法について考えるようになり、フライとは絵画と文学だけにとどまらず、宗教、道徳、教育など、ありとあらゆる会話を交わすようになった。[*5]

こうして一九一〇年のヴァージニアは、フェミニズム運動への参加、軍国主義への嘲笑、ポスト印象派の洗礼という貴重な体験を重ねた。これらの体験を総称して、フェミニスト／モダニスト作家ウルフの原体験と言ってよいだろう。

二つの危機（一九一一〜一六年）

しかしながら、『月曜か火曜』を出す前に、彼女は二つの大きな危機――個人的な危機と社会的な危機――をくぐり抜けなくてはならなかった。

個人的な危機は、結婚とパートナーシップの危機である。夫となったレナード・ウルフは兄トービーの旧友で、大英帝国の植民地官僚として七年間のセイロン（現スリランカ）勤務を経たユダヤ人の男性だった。二人は一九一一年に再会して意気投合し、おたがいの気持ちをよく確かめあって翌一九一二年に結婚するが、新婚当初から性的な不一致という悩みを抱えた。レナードはヴァネッサや複数の医師に相談した結果、セックスをこれ以上試みず、子どももつくらないほうがヴァージニアにとっていいのだという結論に達した。ところがヴァージニアは結婚してもキャリアと子育てを両立させることを望んでいたので、この結論は受け入れがたいものだった。[*6] おそらくこの意見の相違が引き金となって、ヴァージニアは大きな心身の不調に見舞われ、一九一三年七月から約八ヶ月間、そして一九一五年三月から約九ヶ月間、療養生活を余儀なくされる——一九一三年九月には睡眠薬の大量服用による自殺を試み、一九一五年には二ヶ月にわたり、レナードと顔も合わせるのも拒絶する時期があった。[*7]

しかしながら、その彼女がゆっくり回復していったのもレナードの献身的な看護に負うところが大きかった。二人はロンドン都心のブルームズベリ地区をいったん離れ、ロンドン郊外リッチモンドのホガース・ハウスと、イギリス南部サセックス（現イースト・サセックス）の別荘アッシャム・ハウスを行き来しつつ、安定した生活スタイルを確立させた。そしてその中で、セックスレスではあれ親密な、おたがいを支えあい励ましあうパートナーになっていった。

社会的な危機は第一次世界大戦（一九一四〜一八）である。一九一四年六月、オーストリア皇太子夫妻がセルビア人の民族主義者によって暗殺されたことをきっかけに、オーストリアがセルビアに宣戦布告する。他のヨーロッパ諸国も、オーストリア側あるいはセルビア側を支援していたり、特定の国どうしで軍事同盟を結んでいたりしたために、次々と宣戦布告して戦争は拡大した。イギリスがドイツのベルギー侵攻をもってドイツに宣戦布告をしたのは同年八月で、開戦当初、多くのイギリス男性は熱狂的に戦争を支持し、志願兵となった。一方、ウルフ夫妻やその近しい友人たちは、総じて戦争に批判的だった——一九一〇年には自国の誇る軍艦に乗りこむといういたずらをやってのけた彼らのことだから、当然と言えば当然の反応だった。一九一六年一月に徴兵制が導入された際には、ヴァージニアの男友達の多くは良心的兵役忌避者となり、人々の厳しいまなざしに屈することなく、代替義務としての農作業に従事した。レナードは良心的兵役忌避者ではなかったが、ヴァージニアの看護などを理由に兵役免除を申請して認められた。前年の一九一五年から、彼はイギリスの社会主義団体フェビアン協会から委託を受けて国際紛争を解決するための国際組織を構想しており、一九一六年九月にはこの構想を『国際政府論』にまとめ、イギリスとアメリカで出版し、戦後に発足することになる国際連盟に向け、具体的なアイディアを提供した。

周囲の男性たちが戦場に行くかどうかの選択を迫られるなか、ヴァージニアは彼らを案じながらも、フェミニストの視点で戦争を見ていた。一九一六年一月、療養生活からようやく抜け出したばかりの彼女は、前述のデイヴィスに宛てた手紙で「私はますますフェミニストになっています」と書き、戦争を「この馬鹿げた男たちの作りごと」と呼んで、「一日たりとも長く続くなんて信じられない」と嘆いた(Woolf 1976:76)。

とはいえ、ヴァージニアたちがいかに戦争に批判的だったとしても、戦禍と無縁でいることはできなかった。イギリス対岸のベルギーやフランス北東部を一帯とした西部戦線で激戦が繰り広げられるなか、ウルフ夫妻も、知人、友人、親族の負傷や戦死の知らせを受け取っている。[*8] また第一次世界大戦は銃後の市民が空爆にさらされた最初の戦争で、ウルフ夫妻はホガース・ハウスで何度も空襲の危機にさらされ、アッシャム・ハウスでも頭上を飛んでいく飛行機を見上げたり、ドイツ軍捕虜たちの姿を目にしたり、家の裏手の丘に登れば遠くベルギーの戦場での大砲の轟音をかすかに聞いたりするなど、戦時下を生きざるを得なかった(Woolf 1979:48-49, 53-54, 84-85など, Woolf 1987:40-42)。

短編小説という実験(一九一七~二一年)

療養期には医師により執筆時間が厳しく制限されていたので、療養中に戦争に遭遇したヴァージニアには、表現したいことがたくさん蓄積されたようだ。回復期のヴァージニアは書評や長編小説――長編二作目となる『夜と昼』――の執筆を再開する。

さらに一九一七年三月、卓上型の小さな印刷機を購入したことにより、短編の創作意欲を掻き立てられる。夫妻は手作業をおたがいの息抜きにしようと、かねてから印刷機を買いたがっていたが、購入に回せるお金がなかなか工面できなかったらしい。いざ印刷機を前にした夫妻は、活字を一つずつ拾い、印刷し、製本するという作業に予想以上に夢中になる。おたがいの短編を一作ずつ合わせて本にしようという話になり、本書収録の短編「壁のしみ」はまずはこの本に含まれるべく、一九一七年五月から七月のあいだに一気に書き上げられ、レナードの短編「三人のユダヤ人」と合わせて『二つの物語』（一九一七）として購入希望者に郵送された。これがホガース・プレス――リッチモンドのホガース・ハウスにちなんだ名前である――の始まりだった。

手刷りの印刷となれば長いものは書けないが、長編小説の煩わしい約束事からは解放される。それに自分たちの出版社があれば、他人の意向に振りまわされずに書くことができる。ヴァージニアは友人にして作家のデイヴィッド・ガーネットから「壁のしみ」を褒められ、返信にこう記している。「こういう短いものを試してみるのはとても楽しいし、いちばんありがたいのは好きなようにできる――編集者も出版社も介在せず、こういう作品を多少なりとも好んでくれる読者だけがいる、という点です」(Woolf 1976:167)。さらに翌八月には、彼女は「キュー植物園」に取り掛かり、この頃知り合った作家キャサリン・マンスフィールドに草稿を見せて、マンスフィールドから励ましの手紙を受け取っている――「そうね、あなたの花壇の話はとってもいい。

静かに震えて変化する光が花壇に当たって、カップルたちが輝く大気の中に溶けていく感じにうっとりする」（Alpers 1982:251）。「キュー植物園」はやがて一九一九年五月に、ホガース・プレスから一冊の本として出版された。

そして「キュー植物園」出版と前後して、複数の短編を書いて短編集にしたいという構想が温められた。前年の一九一八年六月にヴァージニアはヴァネッサへの手紙で、「アッシャムで短いものをたくさん書くつもり。その全部にあなたのイラストをつけてほしい」（Woolf 1976:255）と書いている。実際には短期集中で書くというより、この時期から一九二一年初頭までの二年半あまりの期間に、書評の執筆や『夜と昼』出版などの合間を縫って、ヴァージニアは短編を書き継いだようだ。そして書き溜めた短編から八篇を選び、『月曜か火曜』として、一九二一年四月にホガース・プレスから出版した。[*9] ヴァージニア、三十九歳のときだった。

第一次世界大戦中から、イギリスの若手作家たちは従来なかった作風のものを書こうと試みており、ヴァージニアは率先して新しい文学——のちにモダニズム文学と呼ばれるもの——の発信源になった。ホガース・プレスはこうした斬新な作品——斬新すぎて商業ベースには載りにくい作品——を積極的に世に送り出す役目を担い、一九一八年にはマンスフィールドの短編『プレリュード』を、一九一九年には詩人T・S・エリオットの『詩集』を、一九二〇年には女性詩人ホープ・マーリーズの『パリ——ある詩』を刊行している。[*10] また「現代小説」（一九一九）などの評論や、新刊書の書評においても、彼女は新しい作品を読むための解釈枠を示した。[*11] こうした仕事をしながらまとめた『月曜か火曜』は、彼女自身による新しい文学の最初の実践であり、一九二一年時点での集大成だった。

休戦前後のヴァージニア（一九一八〜一九年）

数年遡るが、休戦前後の状況を見ておきたい。思いがけない長期戦となった第一次世界大戦は、一九一八年十一月十一日にドイツが降伏してようやく休戦になっている。翌一九一九年一月十八日からはパリ講和会議が開かれ、約半年間の審議を経て、六月二十八日に講和条約が調印された（調印式がヴェルサイユ宮殿で行われたために、ヴェルサイユ条約とも呼ばれる）。条約の内容は戦勝国側が一方的に決めたもので、フランスなどの戦勝国側の報復感情が反映され、ドイツに対して莫大な賠償金の支払いを要求するなど、将来に大きな禍根を残すものだった。しかしそこまで将来を見通せる人はわずかであり、条約調印後の七月十九日は平和記念日（ピース・デー）とされ、イギリス全土で帰還兵たちのパレードが催され、多くのイギリス人たちは祝祭ムードに湧き返った（"19th July 1919 Peace Day in Britain"）。

ヴァージニアは戦争が終わったことにまずは大きく安堵した。休戦直前の一九一八年十月には、雲一つない月夜の晩にドイツ軍退却の知らせを聞き、「生きているうちは二度と月の光を恐れなくていいとほぼ確信して」眠りについたと日記に書いている——空襲は明るい月夜に行われることが多かった（Woolf 1979:205-6）。しかし翌一九一九年には、レナードとともに講和条約草案の検討会などに参加していることから、講和条約の問題点も早くから知っていたようである。[*12] 友人にして経済学者のメイナード・ケインズはイギリス大蔵省主席代表として講和会議に参加していたが、六月にはドイツへの多額の賠償金請求を不当と批判して大蔵省を辞任した。翌七月、ヴァネッサの家に滞在していた彼から、ヴァージニアは直接事情を聞いている。[*13] 同月の平和記念日に、ヴァージニアは最初気のないそぶりだったものの、花火を見たくなって出かけ、祝祭に背を向ける傷病兵たちの姿を目撃している（Woolf 1979:294）。戦争が終わったからといって何かが「解決」するわけではないことを、ヴァージニアはこれらの体験から実感し、作品に反映させたようだ。

各作品について

すでに述べたように、『月曜か火曜』に収められた八篇のうち最初に書かれたのは「壁のしみ」で、次に「キュー植物園」が続いた。しかし本書で、八篇は執筆順とは異なる順番に並べられている。どういう基準からウルフ——ここから姓で呼ぶ——がこの順番にしたのか、本人の説明は残っていないが、おそらくすでに発表して好評を得ている作品はあとに回し、全体のバランスを考慮しつつ、散文詩のような小品と長めの短編を交互に配置することにしたのではないだろうか。

以下、掲載順に各作品を見ていきたい。執筆時期などの個別の情報がわかっているものは記し、執筆の背景と重ね合わせながら読み方の一例を示すので、参考にしていただければと思う（作品の「ネタバレ」を含んでいるので、先に作品をお読みになりたい方は、またあとで戻ってきていただきたい）。

「幽霊たちの家」A Haunted House

正確な執筆時期は不明。一九一八年から一九二一年までのどこかの時点で書かれた。

ある家の住人の語りである。「私」はその家に幽霊のカップルがいると信じている。カップルの気配は感じるが、なかなか目撃できない。途中から、カップルは「お宝」を探しているらしいと住人は察し、幽霊探索に財宝探索が加わる。しかし「私」が家を探索してまわっていたというのは夢うつつの錯覚だったらしく、実際にはパートナーのかたわらに寝ており、寝ているカップルの姿を幽霊のカップルが見ている。生者のカップルと死者のカップルの二組が登場し、立場が入れ替わって、「生きて＝動いて」いるのはどちらか、「死んで＝横になって」いるのはどちらかがわからなくなってくる作品である。

「お宝」は思いがけないところにあり、その正体は作品の結末で明かされる。この結末のような突然の認識の瞬間を、ウルフ自身は晩年の回想録「過去のスケッチ」（一九三九～四〇に執筆）で「存在の瞬間」「啓示」などと呼んでいる（ウルフ 1983:107, 110 = Woolf 1985:70, 72）。こうした特別な瞬間は、「エピファニー」などとも呼ばれ、モダニズム文学の特色の一つである。特にこの作品に関して、マンスフィールドの短編やジョイスの『ダブリンの人々』（一九一四）との共通性が指摘されている (Marcus 2016:30)。

作品の舞台となっている家は、ウルフ夫妻の別荘アッシャム・ハウスをモデルにしている。アッシャム・ハウスは、ヴァージニアがレナードと結婚する前年の一九一一年、その頃まだ友人であったレナードとサセックスを散策していたときに見つけた家で、同年のうちに姉ヴァネッサといっしょに姉妹の名義で借りた。そのままレナードとの新婚生活の場になり、ヴァージニアの療養生活の場にもなった。一九一九年には貸主の都合で引き払わねばならず、夫妻は近くの村ロドメルにマンクス・ハウスという名の家を見つけて引っ越し、それが晩年までの二人の別荘となる。マンクス・ハウスはウルフゆかりの住まいとして現在も保存されているが、アッシャム・ハウスは一九九〇年代に取り壊されてしまった。写真に残るアッシャム・ハウスは二階建ての一軒家で、背後にはこの地方特有の丘が見える。実際に幽霊がいるような感覚があったらしく、晩年のレナードはこう回想している。「二人の人間が部屋から部屋へと歩き

まわって、ドアを開けたり閉めたりしながら、溜息をついたりささやいたりしている
みたいだった」(Leonard Woolf 1964:57)。
ウルフは『月曜か火曜』出版直後に、「他の作品を入れればよかった――それか
『幽霊たちの家』は除けばよかった、センチメンタルかもしれないから」と日記に書
いている(Woolf 1981:108)。彼女が本作品のどこを「センチメンタル」と捉えてい
たかは推測するしかないが、家が「安全、安全、安全」と優しく告げるところや、生
をまっすぐに肯定していると読める最後の言葉を指しているのかもしれない――何し
ろ家屋が空から容赦なく破壊され、夥《おびただ》しい数の生者が無駄に殺されていたのだから。
しかし本作品はウルフらしい小品として多くの読者から愛され、本作品にインスピレ
ーションを得た映画もある(デヴィッド・ロウリー監督『A GHOST STORY/ア・
ゴースト・ストーリー』)。邦訳も複数あり、一九三一年という早い時点で左川ちかも
本作品を訳出している。

「ある協会」A Society

一九二〇年九月に出版されたアーノルド・ベネットの評論集『我らの女たち――男
女の不和をめぐる数章』への反発から書き始められた作品である。ベネットはこの頃
までに五十冊あまりの小説や評論を発表していたが、ウルフは彼の小説観に納得でき

ず、先に挙げた評論「現代小説」でも先行世代の作家の一人として批判していた。これに加え、『我らの女たち』で表明されたベネットの女性蔑視――「知性において創造性において、男は女より優れている。創造的知性の領域では、男がたいていいつもやっていることでも女はやったことがなく、今後ともやれるようになるという徴候は、事実上まったくない」(Bennett 1920:112)――も、ウルフには許しがたいものだった。『我らの女たち』が出版された三日後の九月二十六日、ウルフは日記に「新聞で報じられているベネット氏のひどい見解に反撃するために、女たちの話をこしらえている」(Woolf 1981:69) と書いている。この「女たちの話」が本作品になった。

しかし「女たちの話」を書き進めるよりも前にベネットに賛同する批評家が現れ、ウルフは本作品の執筆をいったん中断して論争を挑んだ。『ニュー・ステイツマン』誌の編集者だったデズモンド・マッカーシーが、『ニュー・ステイツマン』誌上で、「男と同程度に賢い女も数パーセントはいるが、全体として知性とは男の専売特許である。天賦《てんぷ》の才を持った女も間違いなくいるが、しかしその才能はシェイクスピア、ニュートン、ミケランジェロ、ベートーベン、トルストイには劣る」と述べたのだった (MacCarthy in Woolf 1992:31)。マッカーシーはウルフの友人で、一九一〇年の『マネとポスト印象派展』の開催を準備した一人でもあったが、そのあからさまな女性蔑視を見過ごすわけにはいかなかった。ウルフは同誌への投書というかたちで反論を行い、二人の論争は三号にわたって続けられた。

論争の結果、本作品にはベネットおよびマッカーシーの主張が一部盛りこまれ、揶《や》揄《ゆ》の対象になっている。全体にカッサンドラという女性を語り手とする物語で、十九歳から三十代までの女性たちが社会観察をしてまわる展開である。男たちの書いた本の多くは「どうしようもなくひどい」(一六頁)と、仲間の一人が告発したことをきっかけに、彼女たちは男たちの業績を見極めるべく「質問協会」を結成し、戦艦、裁判所、美術展、大学街、文壇などに潜入する(ここにウルフ自身のドレッドノート号体験が生かされている)。それぞれが観察結果を持ち寄るが、報告会のさなかに第一次世界大戦が始まり、協会の活動は停止する——この展開には、男たちの業績など戦争という愚行を前にすれば根本から疑わしいというメッセージがあるだろう。戦後、協会メンバーだった二人だけが登場し、自分たちの活動を振り返る。

女だけの協会という着想をウルフはどこから得たのだろうか。スペインの研究者ルシア・P・ロメロ・マリスカルは、ウルフがギリシャ喜劇『女の平和』(紀元前四一一)から着想を得ていると論じる(Mariscal 2014:103)。古代ギリシャの劇作家アリストパネースの書いたこの有名な喜劇は、戦争ばかり続けている男たちに対して、女たちが一致団結して男たちとのセックスを拒み、戦争をやめさせるという筋である。一九一〇年、この作品がロンドンで上演された際に、ヴァージニア・スティーヴンは観劇して『イングリッシュウーマン』誌に劇評を書いた(Woolf 2011:372-75)。さらに戦時下の一九一八年にも、ロジャー・フライが原作の『女の平和』を古典ギリシャ語から英訳しようと試みた頃に、ウルフはフライとこの作品について語りあうというように（Mariscal 2014:103）、持続的にこの作品に関心を向けていた。

ウルフは一九二一年二月十三日にマンスフィールドに宛てた手紙で、アーノルド・ベネットに我慢できなくなって「愚かで激しい、たぶん激烈すぎる風刺」を書いた、ベネットのせいで書きたくても書けない人が出てくると気の毒だから批判した、という旨を記している（Woolf 1990:128）。『月曜か火曜』出版後、本作品への評価は大きく割れた。ウルフの論敵であったマッカーシーは、『ニュー・ステイツマン』誌上で『月曜か火曜』を全体としては好意的に評したものの、本作品への苦言を呈して書評を締めくくった――「『ある協会』のように軽蔑の気持ちからものを書くとき、彼女の作品は最高とは言えない」（MacCarthy in Majumdar & McLaurin 1997:91）。残念なことに、当時のイギリスのフェミニズム誌『タイム&タイド』も、「実に愚かな話」と切り捨てた（Briggs 2006:79）。その一方で、『マンチェスター・ガーディアン』紙は「その明るい懐疑主義により最高に才気あふれる作品となっている」と、手放しで褒めた（Briggs 2006:79, 421）。

＊本作品は、ヴァージニア・ウルフ『ある協会』（片山亜紀訳、エトセトラブックス）として、二〇一九年に単行本として刊行している。今回収録にあたり、翻訳、注、解説に一部修正・加筆を加えた。

「月曜か火曜」Monday or Tuesday

本書の表題作だが、書かれるより先にタイトルが決まっていた。一九二〇年十月三十一日にヴァネッサに宛てた手紙で、ウルフは「月曜か火曜というタイトルのストーリーを書く時間があるか、自信がなくなってきた――書けなかったらこの本をどう呼んだらいいかわからない」とこぼしている（Woolf 1976:445）。したがって、一九二〇年暮れから一九二一年初頭のどこかの時点で書かれたらしい。

ウルフは「月曜か火曜」というタイトルにどんな意味を込めたのだろうか。一般に月曜と火曜とはウィークデーの始まりであり、やや大げさに言えば、産業社会における活動の要《かなめ》である。ところが本短編において、ウルフはそうした意味あいをなぞりつつ、同時にそこからずれるものも書きこんでいる。なるほど時計はおごそかに正午を告げ、車とバスと小型トラックは忙《せわ》しげに走りまわり（忙しすぎて衝突事故まで起こしているらしい）、カフェないしクラブに集まった人々は将来に向けた政治や経済の話を始め、ミス・シンガミーは仕事をきちんと片付けてしばしの休憩を取るなど、いかにも産業社会らしい営みがある。ところがその同じ時間帯に、アオサギも、白い雲を操る空も、暖炉の炎も、ひたすら「真実」を追いかけているらしい語り手も、それぞれに勝手気ままである。

おそらく、同時に生起するさまざまな事象を自然界からも人間界からも取りこんで、並べて提示することがウルフのねらいだったのだろう。自然を取りこむことで産業中心の人間社会は脱中心化される。産業社会の悲惨な帰結の一つが戦争だったことを顧みれば、この脱中心化はぜひとも必要なものである。人間の営みの中にも自然を模倣しているものがある。「真実」を追いかけている語り手の想念は、「木の葉」の動きに似てあてどなく、カレンダー通りの「月曜か火曜」の日程には収まりそうにない。

ウルフが本書出版に先立ち、評論「現代小説」を発表したことはすでに述べた。彼女はこの評論をのちに評論集『一般読者』（一九二五）に収録する際に、本文の一部を加筆修正し、「月曜か火曜」というフレーズを新たに挿入している。現代の小説家は客観的な事物の描写にこだわらず、むしろ心理描写を重視すると述べているくだりである（傍線部が新たに挿入された箇所である）。

> 通常の一日の通常の心について少し調べてみてほしい。心は数千もの印象を受け取っている――取るに足りない印象も、素晴らしい印象も、一瞬だけの印象も、尖ったナイフの先で刻まれた印象もあるだろう。あらゆる方向から、無数の原子の絶え間ないシャワーになって印象は到来する。降りそそぎ、月曜か火曜の生活をかたどる。（Woolf 1994:160 傍線は引用者による）

ウルフはここで無数の印象の集積として「月曜か火曜」を捉え返そうと呼びかけている。これは本短編での産業社会の脱中心化という試みと通じるものである。

「書かれなかった小説」An Unwritten Novel

本作品の執筆は、ウルフにとって大きなブレークスルーとなった。一九二〇年一月二十六日、ウルフはこの頃本作品を書き終えたらしく、興奮気味で日記にこう書いている。「今日の午後、新しい小説の新しい形式についてアイディアを思いついた。一つのことからまた別のことが展開していくというのはどうだろう——『書かれなかった小説』みたいに——ただ十頁じゃなくて二百頁くらいの長さで——そしたら私が求めている緩さと軽さが得られ、物事により接近しながら形式と速度を保つことができ、すべてを、全体を包みこめるのではないだろうか」(Woolf 1981:13)。このときのアイディアから、三作目の長編小説『ジェイコブの部屋』が生まれた。本作品「書かれなかった小説」は文芸誌『ロンドン・マーキュリー』の一九二〇年七月号に掲載されたあと、若干の修正を経て『月曜か火曜』に収録された。

「一つのことからまた別のことが展開していく」という形式を、ウルフは本作品において語り手の「私」を饒舌《じょうぜつ》に喋らせることで可能にしている。小説家であるらしい「私」は、列車に乗りあわせた女性についてあれこれ想像して、次から次へと場面を思い浮かべていく。ストーリーは完成しないので「小説」は書かれず、ゆえに「書かれなかった」という言葉がタイトルにある。これは乗客の女性をめぐるストーリーについての「私」のストーリーであり、今風の言い方をするならメタフィクションである。ウルフはご丁寧にも、最終的なストーリーから削除する予定（という想定の）箇所に角カッコ（［］）をつけている。作中の角カッコはすべて原文通りである。

「私」の想像では乗客の女性の名前はミニー・マーシュ、独身で、何か事情があって冬のあいだだけ、イギリス南部イーストボーンの弟夫婦の家に間借りしている。ミニーは弟夫婦に歓迎されておらず、とくに弟の妻ヒルダの小さな意地悪に、たびたび泣かされる。行商人ジェイムズ・モグリッジのあしらいにもプライドを深く傷つけられる。今日もモグリッジに促され、その気もないのにロンドンまで外出する羽目になり、いま、気が進まないながら弟夫婦の家に戻ろうと、下りの列車に乗っている――

このような身の上を、「私」は彼女との会話の断片や、彼女の何気ない仕草から紡ぎ出している。途中まではこれが想像上のストーリーだと「私」はわきまえており、作中の角カッコもストーリーの虚構性《きょこうせい》を強調している。ところがやがて「私」はストーリーにのめりこみ、想像と現実を混同させてしまう。ミニーその人に勝手に味方するが、挙句の果てには現実に大きく裏切られる。ところがややおめでたいのか、「私」は現実に裏切られてなお想像を楽しみ、最後には「存在の瞬間」にいたる。

本作品はこうしたメタフィクション的な仕掛けで読者を楽しませるが、その中でさりげなく提示されているのは、中高年女性の実存という真摯《しんし》なテーマであり、年齢も階級も生活体験も異なる二人の女性――ミニー・マーシュと呼ばれている女性と「私」――は本当にわかりあえるのかという切実な問いである。「私」は新聞を読みこなす知的な女性だが、新聞には戦争や政治や社会のことは載っていても、一人のつましい女性――新聞を読むでもなく、身近な人間関係の網目の中で生きていて、階級としてはロウワー・ミドル・クラスに相当する女性――が日々何を感じながら生きているのかは書かれていない。「私」は彼女の背景を想像力で補い、彼女が周囲から受けているであろう不当な仕打ちに憤り、彼女の嘆きに感情移入する。「私」が「暗い通路」や「消えゆく宇宙」などの詩的イメージを駆使して彼女の孤独を大きなスケールで切々と描き出してみせる一節は、本作品の中でも際立って美しい。しかし「私」のそうした思いがどのくらい現実に基づいているかは疑わしい。

ともあれ、列車の中というのはウルフにとってメタフィクションにふさわしい空間と感じられていたらしい。『ジェイコブの部屋』には、主人公ジェイコブが同じ車両に乗り合わせた女性によって観察される短い場面がある。評論「小説の登場人物」(「ベネット氏とブラウン夫人」)にも列車の乗客たちの話が出てきて、ここでも中高年女性「ブラウン夫人」をどう表象するかをめぐって熱い議論が展開される。

「弦楽四重奏」The String Quartet

本作品を指していると思われる記述が、一九二〇年三月九日のウルフの日記にある。「日曜にカムデンヒルに行った。目的はシューベルトの五重奏を聴くこと――ジョージ・ブースの家を見ること――私のストーリーのためにメモを取ること――お偉がたとつきあうこと――こういうすべての理由から出かけて、七シリング六ペンスというわずかなお金で達成できた」(Woolf 1981:24)。この「私のストーリー」が、おそらく本作品になった。よって一九二〇年三月から一九二一年初頭までのどこかで書かれたようだ。

ウルフはクラシック音楽の熱心な聴き手だった。一般公開の演奏会、そして資産家の自宅で開催されるプライヴェートな演奏会に、彼女はかなり足繁く通っていた(Sutton 2015:9)。このとき出かけていったのは後者のタイプの演奏会で、右の引用に出てくる「ジョージ・ブース」は、社会改革家でもあった富豪チャールズ・ブースの次男である。ウルフの両親とブース家につきあいがあったために、彼女はその縁でこの演奏会に入場できたようだ。「七シリング六ペンス」はおそらく郊外のリッチモンドからロンドン中心部のカムデンヒルまでの往復の列車代である。ただし、本作品にはこのときのシューベルトの五重奏だけでなく、他の演奏会で聴いたさまざまな弦楽曲の記憶が重ねられており、作中にはモーツァルトへの言及もある。

本作品では、語り手の「私」によって、ある演奏会全体の印象が語られている。客席に集まったのはさまざまな交通手段を使って会場にやってきた人たちで、開演まで社交に余念がない。「私」は社交上手ではないらしく、肝心の演奏を楽しめるかどうか不安になっている。しかしいざ演奏が始まると（「さっと広がって跳ね」、七〇頁）、「私」は音楽のもたらす連想に身を委ねていく――

本作品の読みどころは、「私」が何をどこから連想しているかをあれこれつなげることにあるだろう。たとえば曲と曲の合間に、ある観客が「ふしだらな話が聞きたくなる」と何気なく漏らすと、おそらくこの言葉を受けて、「私」はややあって「草の上には恋人たちがいる」という想像を始める。視覚的連想は聴覚的連想を呼び、「私」にはオペラの舞台が見え、オペラの二重唱が聴こえる。あるいは冒頭で観客たちが講和条約調印や、「パレード」や「国王」を話題にしていることからは、戦争をめぐる一連のイメージが続く。「私」は弦楽曲を聴きながら死や喪のイメージを想起し、最後には「無数の者たち」による行進を思い浮かべながら、ホルンやトランペットやクラリオンの出てくる管弦楽曲ないし軍楽の演奏を想起する。

作品冒頭で、「私」は演奏を楽しめるか不安がっていたが、これだけ音楽に没入できたということは楽しめたということかもしれない。あるいは、音楽体験とは他の観客の反応や社会の出来事に大きく左右されるものであり、弦楽四重奏が軍楽にクロスオーバーしていくのは、やはり楽しめたと言いがたいのか。作品結末には、「私」が音楽に没入しすぎて帰り道を間違えるというオチもついている。

「青と緑」Blue and Green

正確な執筆時期は不明。一九一八年から一九二一年までのどこかの時点で書かれた。本作品は緑と青という二色をめぐる言葉のスケッチからなる。最初に緑色に関するスケッチがあり、次に青い色をめぐるスケッチが続く。原書では見開きの頁の片側に「緑」のセクション、もう片側に「青」のセクションが掲載されているので、本書でも同じように並べて配置した。[*14]

「緑」のセクションで、緑色はシャンデリアに付けられた十個のクリスタルガラスから落ちているらしい。シャンデリアのライトがついているのか、それとも外から太陽光が差しこんでいるのかはわからないが、光はガラスに当たり、ガラスは光を反射してマントルピースの大理石の上に緑色の光を落としている。語り手はそこからインコ、ヤシの木、水たまり、イグサ、雑草と連想を進めるが、緑色は早々に消え、緑色だった水たまりは青い大海原《おおうなばら》になる。

「青」のセクションでは、「緑」のセクション後半のイメージが引き継がれる。静かな大海原に怪物《モンスター》が現れる。怪物は水柱を噴き出したりして最初は威勢がいいが、まもなく波打ち際で息絶えてしまう。散らばった鱗、錆びた鉄、打ち捨てられたボートなどの終末世界めいたイメージが点在する中、それらを弔うためにかキリスト教的イメージが立ち現れるが、「冷たくて抹香臭《まっこう》い」（七七頁）らしく、救済の役には立ちそうにない。

本作品は本書の中で、あるいはウルフの全作品の中で、もっとも純粋な散文詩として読まれることが多い。たしかに青い色や緑色の喚起するイメージの連なりとして楽しむことはできる。色とは光の波長にすぎないものだが、ウルフはあたかも色そのものが実体を持っているかのように、液体になってカットガラスの先から垂れたり、怪物にまとわりついて体を探ったりしていると表現して、色彩との戯れを楽しんでいるようでもある――だとすれば、そういう読み方も「あり」だろう。

しかし、ここはあえて別の可能性を提示してみたい。緑色をめぐる連想も青い色をめぐる連想も、自分では正体を明かさない語り手によってなされている。語り手はインコやヤシの木やラクダなどのエキゾチックな想像をしながら、家の外には出ようとしない――ここには幽閉のイメージがあるのではないだろうか。そしてそのイメージは、作者自身が療養生活を余儀なくされていたこと、さらに戦時下にあって耐乏生活を強いられていたこととおそらく無関係ではない。戦争と言えば、ウルフはのちに『灯台へ』において、戦争を「巨大な無定形の海獣《リヴァイアサン》」たち（ウルフ 2009:174 = Woolf 2006:110）になぞらえており、「青と緑」に出てくる怪物《モンスター》も戦争の比喩と捉えることができるかもしれない。

そうしてみると、ウルフが「緑」のセクションと「青」のセクションを見開きで掲載した意味も見えてきそうだ。二つのセクションは行きつ戻りつ鑑賞するよう求められている。「緑」のセクションは昼、「青」のセクションは夜だが、これらはそれぞれ平和と戦争のセクションでもある。「緑」のセクションの後半には夜が入ってきているように、平和は短く、戦争に侵食される——しかし戦争もいつかは終わり、また平和に戻る。平和と戦争は対立概念ではなく、まさに緑色と青い色のように隣接概念で、両者は繰り返し行き来しあっている。

「キュー植物園」Kew Gardens

前述のように、本作品は一九一七年八月に書き始められ、一九一九年五月にまずは単独で出版された。『月曜か火曜』に収録後も、一九二七年十一月に一冊の本として改めて出版された。一九一九年版にはヴァネッサ・ベルの木版画が最初と最後に一枚ずつ添えられ、一九二七年版では全頁で、文字列を取り巻くようにヴァネッサの装飾が施された。

キュー植物園ことキュー王立植物園は、ロンドン中心部から西に十五キロほどの郊外にあり、ウルフ夫妻が住んでいたホガース・ハウスから至近距離にあった。夫妻のお気に入りの散歩スポットで、ロンドン中心部に住む人々にとっても恰好のお出かけスポットだったようだ（これは現在もそうである）。ウルフの『夜と昼』にも、レナードの短編「三人のユダヤ人」にも、キュー植物園が出てくる。

本作品では七月のキュー植物園が舞台となっている。あちこちで花々が咲いて蝶が飛びまわる様子はうららかだが、第一次世界大戦の気配もあちこちに漂っている。たとえば第一段落から、植物たちは夏の日差しを浴びて色の三原色を放ち、葉っぱは「心臓のかたち」や「舌のかたち」で、「喉《のど》のように見えるところ」からはオシベ（「金粉にまみれ、突端が少し太くなった棒」）が突き出ているというように、異化され擬人化され、鬼気迫る生命力を放っている（八一頁）。第一次世界大戦ではヨーロッパ大陸の西部戦線で激戦が繰り返され、亡くなった兵士たちはそのまま戦場の近くで土葬になった。そこに自生の赤いポピーの花が咲いていたことは、カナダ人軍医ジョン・マクレイが戦争詩「フランダースの野にて」（一九一五）において、「フランダースの野ではポピーが風に吹かれる／何列も続く十字架のあいだで」と記して以来、よく知られるものとなっていた（"In Flanders Fields"）。ウルフはキュー植物園の花々に怪しい生命力を持たせて、遺体の近くに鮮やかな花が咲くというイメージを喚起しているようだ。「花壇（flower-bed）」という単語には「死の床（death-bed）」の意味が重ねてあるかもしれない。

第二段落以降では、視点はそのまま花壇付近に固定され、植物たち、人間たち、そして花壇の土の上を移動しつつあるカタツムリが交互に捉えられる。通常の物語では動植物はあくまで背景で、人間に焦点が当てられることが多いが、本作品ではさまざまな生物たちが共存していることが序列をつけずに描かれている。表題作「月曜か火曜」と同じで、戦争を繰り返している人間社会の脱中心化が図られている。

人間のペアは四組登場しており、結婚して子どもたちを連れている男女のペア、男どうしのペア、女どうしのペア、今後結婚するかもしれない若い男女のペアと、多様な組み合わせにしてある。二組の男女は、戦争のことなどそっちのけで、自分たちのロマンス、あるいは過去のロマンスに没頭している。この四人の没頭ぶりには読者の気を揉ませる要素がある。彼らは幸せなのだろうか？　サイモンは昔の恋人リリーと結婚しなくて「幸い」だったと考えているが、本心だろうか？　その昔、年配の女性からキスを受けたと語るエレノアは、サイモンと家族をなしたことに満足しているのだろうか？　後半の若い二人は手を重ねてパラソルを地中に差しこんで、何をしたいのだろうか？　トリッシーはお茶をおごることに誇りを見出している男性と結婚して、幸せになれるだろうか？

二組の同性ペアは、戦争のダメージを直接的に被っている――異性愛制度の外部にいる人たちのほうが、戦争による逼迫《ひっぱく》を敏感に察知しやすいのかもしれない。男どうしのペアのうち、年配の男性はおそらく療養休暇中の将校で、心身を病んでいる。彼には幻聴が聞こえ、自分は戦死者との通信装置を発明したと信じこんでいるらしい。

この当時、大戦での過酷な戦闘体験から心身を病む兵士たちが数多く出現し、その症状は砲弾《シェル》ショック、戦争神経症などと呼ばれていた――当時は原因もよくわかっていなかったが、今日ではPTSDの一種と理解されている（森 2005:86-107）。年配の男はこの「砲弾ショック」を抱えている。一方の女どうしのペアは、共通の身内らしい人々の話をしながら「お砂糖」と連呼している。原料をカリブ海地域のサトウキビに頼っていた砂糖は、一九一七年に始まったドイツの無制限潜水艦作戦により手に入りにくくなり、同年十二月には配給制が始まっていた（Gazeley&Newell 2013:73）。

本作品の最終段落になると視点は空中にスパンし、人間たちの体は「大気の中に溶けて」「蒸発し」て消えてしまい、無人の世界の中で蝶たちが廃墟を思わせる「崩れた大理石の柱」をかたどる（九〇頁）。建物や花びらがきらめき、幽体離脱《ゆうたいりだつ》した声や機械音が響きわたるという結末は、いかにも終末的な世界である――「青と緑」の最後のイメージにも通じる。

本作品が一九一九年に初めて出版された際には、書評紙『タイムズ・リテラリー・サプルメント』で「独自の『雰囲気』があり、独自の生命力があり、オリジナルでそれゆえに変わった魅力がある作品」と褒め称えられ、ウルフは過去の巨匠たち（ティツァーノ、レンブラント、ルノワール、フロベール）になぞらえられた（Unsigned review in Majumdar & McLaurin 1997:67）。おそらくはこの評価が宣伝効果を持って一度に注文が殺到し、ウルフ夫妻はうれしい悲鳴を上げた。批評家ジュリア・ブリッグズはポスト印象派の画家たちの名前を挙げ、植物や人間が色の斑点に還元されていることについてはジョルジュ・スーラの『グランド・ジャット島の日曜日の午後』(一八八四〜八六に制作)を、パラソルのイメージからはルノワールの『雨傘』(一八八一〜八六頃制作)を想起させると述べている(Briggs 2006:66-67)。

しかしながらウルフ研究では、本作品に登場する女性どうしの二人連れが「ロウワー・ミドル・クラス」(八六頁)と名指され、心身を病んでいる男性への野次馬的な関心が「この階級のたいていの人と同じ」(八六頁)と形容され、彼女たちがことさらに食べ物に執着しているように書かれていることに対して、蔑視的である、ステレオタイプ的であるとの批判もなされてきた。実はウルフ自身、この部分には問題があると感じていた。ウルフはマーガレット・ルウェリン＝デイヴィスの女性協同組合を介し、労働者階級やロウワー・ミドル・クラスに相当する女性たちと交流があったが、一九一九年に出版されたばかりの『キュー植物園』を読みたいと彼女たちに請われてためらい、日記にこう書いている。「二人の女のあの場面を読んでほしくない。こう思うのは『キュー植物園』にとって不名誉なことだろうか。たぶん少しは」(Woolf 1979:284, Lee 1996:360-61)。

「壁のしみ」The Mark on the Wall

本書の最後に収録されているが、書かれたのは最初である。一九一七年五月から七月のあいだに書かれ、『二つの物語』に収められた。その後、一九一九年六月に単独で出版されてから、若干の修正を経て『月曜か火曜』に収録された。

本作品は壁の「しみ」をめぐる思索のループでできている。語り手である「私」は、暖炉のそばに座って煙草をくゆらせているときに、暖炉の上の壁に何か「しみ（原文では mark)」のようなものがあるのに気づく。彼女はその正体について仮説を立てるが、思索はすぐに脱線していく。しかし次の段落になるとまた「しみ」に関心を戻し、その正体についてべつの仮説を立てる。本作品の第二段落には「私たちの思索って、新しいものに実にさあっと群がるようにできている。まるで蟻《あり》の群れが必死になって一本の藁《わら》を運ぶみたいによいこらしょと動かして、そしてそれっきり、放り出してしまう……」（九五〜六頁）という一節があるが、この一節はまさに本作品の解説になっている。

短編小説が思索のループによって構成されるのは珍しく、本作品は短編小説でありながら評論のようでもある。ループの中で披露されるのは多岐にわたるテーマ――『鏡の国のアリス』のような暖炉の炎をめぐる奇想、引っ越していった男性の語った芸術論、「私」による人生論、文学論、自己イメージをめぐる考察、フェミニズム、塚の研究をしていた退役軍人の物語、樹木についての考察など――である。この構成だと言いたいことを言いながら、結論を押しつけないで済む。思わずクスッと笑わせるようなユーモアを込めることもできるし、問題提起もできる。

また本作品は、空襲下の物語としても読める。一読したかぎりでは、「私」はのんびりマイペースで、読者を和ませてくれる。自分のことを「それほど抜かりのない主婦《ハウスキーパー》ではない」(九八頁)と称し、マントルピースに埃が積もっていても「古代都市トロイアを三回埋没させるくらいの量」(九八頁)とうそぶく始末である。そもそも思索のループが延々と重ねられているのも、彼女が椅子から立って家事を再開するのを引き延ばしたいからなのかもしれない。しかし、結末で夫であるらしい男性が「まったく、この戦争ときたら」(一〇六頁)と毒づくとき、彼女の怠惰さには別の面が見えてくるかもしれない。つまり、彼女は家事労働ストライキをしながら、空襲によりいつ破壊されるかわからない家屋の管理を放棄することで、戦争協力ストライキもしているのだ。

ところがストライキ中の彼女の思索にも、戦争のイメージは否応なしに入りこんでいる。「一般化という言葉」にも「軍隊めいた響き」を聞き取って忌避《きひ》する彼女だが(一〇〇頁)、ほどなく「この戦争」に言及し、壁のわずかな盛り上がりから「サウス・ダウンズの古墳群」を連想し、そこから一連の軍人のイメージ(「退役《たいえき》した陸軍大佐」「ネルソン提督」）や、戦争と暴力のイメージ（「陣営跡」「鏃《やじり》」、「殺人」など）を引き寄せてしまう（一〇一～二頁）。最後には樹木のイメージを思い浮かべて安らぎを得ようとするものの、「月の放つ鉄の弾丸の前に柔らかなところを一切さらすまいとしている」（一〇五頁）様子を思い浮かべ、せっかく意識から締め出そうとしているはずの戦時下の恐怖を蘇らせてしまう――「月の放つ鉄の弾丸」という奇抜な比喩の背後には、明るい月夜に空襲が行われたという大戦下の事情がある（Saint-Amour 2015:103-10）。

本作品の中盤で、「私」は廃《すた》れつつあるさまざまな権威を列挙して、これからは「掟破《おきてやぶ》りの自由」を謳歌できると希望を語りながら、「自由ってものが存在するなら」と気弱な留保をつけている（一〇一頁）。「私」が気弱にならざるを得ないのは、何と言っても戦時下であり、生命の危険にさらされながらの「自由」だからである。旧弊《きゅうへい》がなくなってきたのは結構だが、だからといって生きやすくなったわけではない――これは現在の私たちの感覚でもあるだろう。

その後のウルフと『月曜か火曜』

最初に述べたように、『月曜か火曜』は一九二一年に発表されたとき、あまり注目されなかった。出版直後の日記に、ウルフは悔しそうに書いている――「もう私は人々の関心を引かなくなったのだと考えると落ちこんでしまう――出版社〔ホガース・プレス〕のおかげで、いまならもっと自分自身でいられると思っていたのに」(Woolf 1981:107)。実際には長編『ジェイコブの部屋』からウルフはモダニズム作家として名声を得ていくので、「関心を引かなくなった」というのは杞憂《きゆう》だったが、しかしその後も、短編作家としての自分に対する彼女の自己評価は低かった。

九年後の一九三〇年、その頃友人となった女性作曲家エセル・スマイスに宛てた手紙で、ウルフは『月曜か火曜』を振り返っている。

> 『月曜か火曜』の短編は気晴らしのために書きました。しきたりどおりのやりかたを練習したあとで、自分にご褒美をあげるつもりでした。「壁のしみ」を書いた日のことは忘れないでしょう――何ヶ月も石を砕こうと苦心したあとで、飛ぶようにさっと書き上げたんです。でも「書かれなかった小説」も大発見でした。これを書いて、自分の経験してきたこと全部をどんなふうにぴったり合うかたちにするのか、同じようにさっとわかったんです――と言っても、実現できたわけではありませんが。でもああいうアプローチがあると発見して、自分でこしらえたトンネルが枝分かれして『ジェイコブの部屋』『ダロウェイ夫人』などになるのが見えました――興奮して震えているとレナードが入ってきて、私は牛乳を飲み、そして興奮を隠して、あの果てしない『夜と昼』をもう一頁書いたんです。

(Woolf 1978:231)

ウルフは「壁のしみ」や「書かれなかった小説」を書いたときの興奮について回想しながらも、あくまで長編との関連で意義を見出しているようである。[*15] とくに「青と緑」と「月曜か火曜」については評価が低く、こう付け加えている――「それに、緑《マ》と青《マ》とかアオサギ〔「月曜か火曜」のこと〕とかは、自由を思い切りほとばしらせたもの、不明瞭で馬鹿みたいな、印刷不能な叫び声でした」(Woolf 1978:231)。

しかしながら約百年後のいま、私たちはウルフの下した過小評価をポジティブに捉え返してもいいのではないだろうか。一九一〇年代のウルフを眺めてみると、作家として成長していく原体験は得ていたものの、結婚早々に自殺しそうになり、戦争も重なり、かなり絶体絶命のピンチだったことがうかがえる。その中でよくぞチャンスを捉えて「自由を思い切りほとばしらせ」てくれたものだと考えると、その勇気と粘り強さに心からの敬意を表したい。百年を経た現在も戦争の脅威はなくならず、子どもを持つか持たないかをすべての人が自分で決められる現状ではないが、でもだからこそ、破れかぶれの「叫び声」をウルフとともに上げたい。

ヴァネッサ・ベルの装丁について

ヴァネッサ・ベルは画家として、一九一〇年の『マネとポスト印象派展』の衝撃を即座に受け止めていた。のちに彼女はこう回想している。「可能な道が突然示され、解放がもたらされ、自分で感じるようにと勧められていた。（略）それは、他人から感じるように命令されたことを言うのではなく、自分でずっと感じてきたことを言ってもいいと言われることだった」（スポールディング 2000:99）。のちによく知られるようになる作品——『スタッドランド・ビーチ』（一九一二）、『会話』（一九一三〜一六）、『水桶』（一九一七）など——を一九一〇年代にベルが次々に発表したのは、この解放感の後押しがあってのことに違いない。

原書の表紙画と四枚の挿入画は、ベルがこうしてポスト印象派の衝撃を大きく受け止め、盛んに作品を発表していた時期に描かれたものである。姉妹のコラボレーションとしては、一九一九年に『キュー植物園』が単独の作品として出版されて以来、二回目となる。一回目の『キュー植物園』のとき、ベルのイラストは文章の忠実な再現でなくてもいいという合意が姉妹のあいだでなされており（Gillespie 1988:118-21）、本書の版画も、ウルフの短編の雰囲気をベルなりに翻案したものと考えられる。

ウルフの短編との共通性を挙げるなら、人間が脱中心化されているところだろう。

人間は出てこないか、出てきてもデザインに溶けこんでいる。一見、カーテンかと思われるものに幽霊のイメージが重ねられていたり、模様かと思ったところに人がいたりするので、騙し絵を眺めるように楽しんでいただければと思う。

原書の表紙画（本書の扉絵）には大きな白い円が描かれ、円からは四つの渦巻きが外側に向かっている。この円が何を指すのか定説はないが、訳者としては鏡の縁ではないかと推測している。「壁のしみ」には鏡に言及した一節があり、人はだれでも「鬱蒼《うっそう》とした緑の森をさすらう自分というロマンティックなイメージ」（九九頁）を鏡に映し出しているものだとある。原書を手に取って、表紙に仕掛けられた鏡に映ると想定されていたのは読者一人ひとりの顔であったはずだ。だとすると、この絵は、「鬱蒼とした」ウルフの森をこれから自由に探索してください、という読者へのお誘いだったのではないだろうか。

＊　＊　＊

本書の準備中に、イスラエル軍による被占領地パレスチナへのすさまじい殺戮が始まった。SNSなどを使い、日々の惨状そして抵抗について発信するパレスチナの人々の営為が、空襲下で短編を書いていたウルフの営為と重なった。即時停戦を求めて世界中の人々が声を上げているにもかかわらず、二〇二四年六月現在、攻撃は八ヶ月を超えて続いている。一刻も早い停戦と、イスラエル建国以来、七十六年にわたる植民地支配の終了を願ってやまない。

一方で、ウルフの作品への私の理解にも、修正が必要だと感じている。レナード・ウルフの短編「三人のユダヤ人」――ヴァージニアの「壁のしみ」とともに一九一七年に出版された――には、イギリス社会に疎外感を持ちつつ、パレスチナが「自分たちのものかどうかはわからない」と口にするユダヤ人が登場する。同年十一月、イギリスの外務大臣アーサー・バルフォアは、パレスチナの地に「ユダヤ人のナショナル・ホーム」を設立することを認める手紙を書き（バルフォア宣言）、現在にいたる災いの種を蒔くが、レナード本人は、ユダヤ人としても国際政治の専門家としても、ユダヤ人国家の建設には反対を表明していた（Putzel 2015: 129）。ヴァージニアにパレスチナへの直接の言及は少ないが、イギリスの植民地主義に対する見解を作品にどう反映させているか、もっと検討しなくてはならない。今後の課題としたい。

本書の刊行にあたっては、多くのかたがたにお世話になった。エトセトラブックスの松尾亜紀子さんとは、ウルフの『ある協会』出版というかたちで一緒に仕事をさせていただいて以来、フェミニスト作家としてのウルフの魅力を改めて見つける貴重な機会をいただいている。装丁の鈴木千佳子さん、校正のかたがたにも丁寧な仕事をしていただいた。長谷川虹斗さんにはリサーチに協力してもらった。心から感謝したい。

訳者解説注

＊1　ホガース・プレスは始まって数年の小さな出版社だったので、発行部数をそもそも絞っていたという事情はある。ウルフの長編小説の第一作『船出』と第二作『夜と昼』はダックワース社から出され、初版はそれぞれ二千部用意されたが、『月曜か火曜』はその半分の千部だった。とは言え同じくホガース・プレスから次に出される『ジェイコブの部屋』は最初の一年あまりで約千五百部が、さらにその次の『ダロウェイ夫人』は約二千部が売れたので、やはり『月曜か火曜』の売り上げ部数は少なかった（Briggs 2006）。

＊2　除外されたのは「ある協会」と「青と緑」である。『幽霊たちの家その他の短編集』の「序文」で、同書を編んだ夫のレナード・ウルフは、生前のヴァージニアが一九四〇年に短編集を出そうと計画していたことに触れたあと、こう書いている。「私が除いた二篇は『ある協会』と『青と緑』である。前者は含めないと彼女が決めていたのを私は知っていたし、後者は彼女が含めなかっただろうと、私はかなり確実に知っている」（Woolf 1944:vi）。もっとも近しかった人による貴重な証言だが、ヴァージニア本人のメモなどは残っていないようで、詳しいことはわからない。後述するように、一九三〇年時点で短編集『月曜か火曜』へのヴァージニアの自己評価は高くなかったことが彼女の手紙からわかるが、そこでやや否定的に言及されているのは「青と緑」と「月曜か火曜」であるし、これら二篇を除外したいというほどの意志があったかは不明である。

＊3　マーガレット・ルウェリン＝デイヴィス（一八六一〜一九四四）は、ケンブリッジ大学ガートン・カレッジ中退後（ジャネット・ケースとはガートンで同窓生だった）、協同組合運動に加わり、労働者階級の既婚女性たちを主なメンバーとする女性協同組合で、一八八九年から一九二一年にかけて書記長を務めた。ヴァージニアは一九一三年にはレナードとともに女性協同組合の全国大会に出席し、一九一六年からは四年間、リッチモンド支部として、自宅（ホガース・ハウス）に講師を招いて会合を開くなどの活動を行っていた。

デイヴィスの〈人民の参政権連盟〉は一九〇九年に結成されたグループで、会員にはバートランド・ラッセルもいた。女性参政権グループによっては、たとえば最初は未婚女性や戸主である女性に限るなど、段階的に女性参政権を要求していくという戦略を採用したが、デイヴィスは女性協同組合の活動で既婚女性の苦境をよく知っていたので、男女平等の参政権を要求するという立場を採った（Cohen 2020:121-39）。

なお、イギリスで女性参政権が獲得されたのは第一次世界大戦を経てからのことだった。女性たちによる戦争協力への見返りという形で、一九一八年には三十歳以上の女性に、一九二八年には男女平等に参政権が与えられた（ストレイチー 2008: 297-310）。

＊4　この総選挙では、海軍増強のための財源の他に、老齢年金制度のための財源も土地課税に求めようとしていた。土地課税は大地主でもあった貴族たちからなる上院の激しい抵抗に遭うが、当時の自由党内閣は二回の総選挙により土地課税を実現させ、上院の権限の弱体化にも成功した。なお、海軍増強はドイツ海軍に対抗するためのもので、この建艦競争はイギリス・ドイツ間の緊張を高め、第一次世界大戦の原因の一つになった（クラーク 2004:51-59, Stansky 1996:19）。

＊5　「小説の登場人物」（「ベネット氏とブラウン夫人」）での「一九一〇年十二月前後に人間の性質は変わったのです」というヴァージニアの主張の「十二月前後」は、直接的には『マネとポスト印象派展』の会期を指すものと見なされている。ヴァージニアは「人間の性質」がいっぺんに変わったような言い方をしているが、やや誇張がある。ヴァージニア自身、ポスト印象派の絵画にすぐに大きな衝撃を受けたというより、ゆっくり時間をかけて理解していったらしい（Lee 1996:287-92）。

＊6　ヴァージニアは一九一二年、まだ結婚を決めかねていたときにレナードに宛てた手紙で「私はすべてがほしいんです——愛情も、子どもたちも、冒険も、親密さも、仕事も」と書いており（Woolf 1975:496）、新婚時代にも、友人からゆりかごを贈られて喜んでいる（Woolf 1976:9）。子どもを持つかについて、医師たちの意見は一致していなかったが、レナードは子どもを持たないと結論を下した。ヴァージニアはその後も折に触れて自分そしてレナードに子どもがいないことを嘆いた（Lee 1996:333-37）。彼女が子どもを持たなかったことについては、後世のフェミニストのさまざまな考察がある。たとえば、ソルニット（2021）、ボグス（2021）を参照。

＊7　ヴァージニアの心身の不調に対して、当時ははっきりした疾病名もなかったが、いまなら躁うつ病ないし両極性障害に相当すると考えられている。このときの二度の大きな不調以外に、母の死後（一八九五〜九六）、父の死後（一九〇四）、そして晩年の一九四一年と、人生においてもう三度の大きな不調に見舞われている。その他にも、数週間から数ヶ月の不調——頭痛、不眠、不安、動悸、食欲不振、高熱などの症状を伴う——もたびたびあったが、薬の副作用やインフル

エンザも関係していたのではないかと推測されている(Lee 1996:175-200)。

＊8 ヴァージニアの友人だった詩人ルパート・ブルックは志願兵となり、一九一五年四月に戦場に向かう船の上で病死した。またレナード・ウルフの弟たち、フィリップ・ウルフとセシル・ウルフも志願兵となり、一九一七年十一月に西部戦線で同じ砲弾に当たり、セシルは二日後に死亡、フィリップは重傷を負った。ロンドンの病院にフィリップを見舞ったヴァージニアは、看護師たちの優しさに目を留めながらも、「この人たちを壊してまた治す、そのすべてが無駄という感じが漂っている」と日記に書いた(Woolf 1979:92)。

＊9 短編集を出版できるようになった背景には、ホガース・プレスでは一九一九年から印刷業者の機械を借り、比較的長い作品の刊行も可能になってきたという事情があった(Willis 1992:23)。

＊10 一九一八年には、編集者ハリエット・ウィーヴァーよりジェイムス・ジョイスの『ユリシーズ』を出さないかという打診があったが、ウルフ夫妻はその内容から告訴されるかもしれないと複数の印刷業社に忠告され、やんわり断っている(Briggs 2006:72-73)。

＊11 「現代小説」においてヴァージニアが新しい若手作家として名前を挙げているのはジョイスである——ただし「最高に誠実」としながら「作者の精神の貧しさ」に言及するなど、矛盾した反応だが(Woolf 1988:34)。また、〈意識の流れ〉手法を始めたことで知られるドロシー・リチャードソンの『トンネル』(一九一九)、『めぐる光』(一九二三)の書評を書いて、前者の書評では読者が「表面にとどまることになっているのが残念」と述べたものの、後者の書評では「女性の心理的文章とでも呼ぶべき文章を生みだした」と高く評価している(ウルフ 1994:296-303, Woolf 1988:10-12, 365-68)。

＊12 一九一九年五月、レナードは講和条約草案に対し、考えを同じくする他の人々とともに、イギリス政府などに対して草案修正を求める文書を『マンチェスター・ガーディアン』紙に送っている(藪田 2016:xvi)。彼は前年の一九一八年から労働党の国際問題諮問委員会のメンバーとなっており、一九一九年六月に講和条約が修正されないまま調印された後も、修正に向けて粘り強く活動を続けた。

＊13 日記には、ケインズがヴァージニアに対し、講和会議では「ヨーロッパのためでもなく、イングランドのためですらなく、次の選挙で国会に戻って来られるかを考えて、男たちが恥知らずにふるまっている」と話したとある(Woolf 1979:288)。ケインズはその夏、ヴァネッサの家に滞在しながら講和会議への批判をまとめ、『平和の経済的帰結』というタイトルで一

九一九年十二月に出版した。ヴァージニアは一九二〇年五月に同書を読んで「芸術作品とはまったく異なるけれど世界に影響を与える本――倫理性の作品というところだと思う」と日記に書いている（Woolf 1981:33）。

＊14　本書執筆のかたわら、ウルフはホープ・マーリーズの『パリ――ある詩』をホガース・プレスから出すべく、活字を並べる作業をしている。同作品はアルファベットを菱形に並べたり、縦に一列に並べたりと、タイポグラフィに関する遊びがあり、活字を並べながらウルフも何かと触発されただろうと考えられる。本作品で見開きの二頁に文章を配置して、ウルフには二枚のキャンヴァスを対置しているような意図があったかもしれない。

＊15　ウルフは回想の中で記憶を圧縮させて語っているが、正確には「書かれなかった小説」を書いたのは『夜と昼』出版後である（Lee 1996:376）。

参考文献

◆ウルフ、ヴァージニア 1994.『女性にとっての職業――エッセイ集』出淵敬子、川本静子監訳、みすず書房.
◆--- 1983.『存在の瞬間――回想記』J・シュルキンド編、出淵敬子他訳、みすず書房. = Woolf, Virginia 1985. *Moments of Being*. Ed. by Jeanne Schulkind. San Diego: Harcourt Brace.
◆--- 2009.『灯台へ』、『ウルフ「灯台へ」、リース「サルガッソーの広い海」』所収、鴻巣友季子訳、河出書房新社. = Woolf, Virginia 2006. *To the Lighthouse*. Oxford University Press.
◆--- 2019.『ある協会』片山亜紀訳、エトセトラブックス.
◆クラーク、ピーター 2004.『イギリス現代史1900－2000』西沢保他訳、名古屋大学出版会.
◆左川ちか 2022.『左川ちか全集』島田龍編、書肆侃侃房.
◆ストレイチー、レイ 2008.『イギリス女性運動史 1792－1928』栗栖美知子、出渕敬子監訳、みすず書房.
◆スポールディング、フランセス 2000.『ヴァネッサ・ベル』宮田恭子訳、みすず書房.
◆ソルニット、レベッカ 2021.『わたしたちが沈黙させられるいくつかの問い』ハーン小路恭子訳、左右社.
◆ベル、クウェンティン 1976.『ヴァージニア・ウルフ伝1』黒沢茂訳、みすず書房.
◆ボグス、ベル 2021.『子どもを迎えるまでの物語――生殖、不妊治療、親になる選択』石渡悠起子訳、サウザンブックス社.
◆森茂起 2005.『トラウマの発見』講談社.
◆藪田有紀子 2016.『レナード・ウルフと国際連盟――理想と現実の間で』昭和堂.
◆Alpers, Antony 1982. *The Life of Katherine Mansfield*. Harmondsworth: Penguin Books.
◆Bennett, Arnold 1920. *Our Women: Chapters on the Sex-Discord*. New York: George H. Doran Company.
◆Briggs, Julia 2006. *Virginia Woolf: An Inner Life*. London: Penguin Books.
◆Cohen, Ruth 2020. *Margaret Llewelyn Davies: With Women for a New World*. Dagenham: Merlin Press.

◆ Gazeley, Ian, & Andrew Newell 2013. "The First World War and Working-Class Food Consumption in Britain." *European Review of Economic History*, February 2013. Vol. 17, no. 1, pp. 71-94.

◆ Gillespie, Diane Filby 1988. *The Sisters' Arts: The Writing and Painting of Virginia Woolf and Vanessa Bell.* New York: Syracuse University Press.

◆ "In Flanders Fields" https://www.britishlegion.org.uk/get-involved/remembrance/about-remembrance/in-flanders-field（最終閲覧日二〇二四年四月十五日）

◆ Lee, Hermione 1996. *Virginia Woolf*. London: Chatto & Windus.

◆ Majumdar, Robin, & Allen McLaurin (eds.) 1997. *Virginia Woolf: A Critical Heritage*. London: Routledge.

◆ Marcus, Laura 2016. "The Short Fiction" in *A Companion to Virginia Woolf*. Ed. by Jessica Berman. Chichester: Wiley Blackwell.

◆ Mariscal, Lucía P. Romero 2014. "'A Society'：An Aristophanic Comedy by Virginia Woolf." *Athens Journal of Philology*. Vol. 1, issue 2, pp. 99-110. https://www.atiner.gr/journals/philology/2014-1-2-2-Romero.pdf（最終閲覧日二〇二四年四月十五日）。

◆ "19th July 1919 Peace Day in Britain" https://www.westernfrontassociation.com/world-war-i-articles/19th-july-1919-peace-day-in-britain/（最終閲覧日二〇二四年四月十五日）

◆ Putzel, Steven 2015. "Leonard Woolf: Writing the World of Palestine, Zionism, and the State of Israel" in *Virginia Woolf Writing the World: Selected Papers from the Twenty-fourth Annual International Conference on Virginia Woolf*. Eds. by Pamela L. Caughie and Diana L. Swanson. Clemson: Clemson University Press.

◆ Reynolds, Margaret (ed.) 2001. *The Sappho Companion*. London: Vintage.

◆ Saint-Amour, Paul K. 2015. *Tense Future: Modernism, Total War, Encyclopedic Form*. Oxford: Oxford University Press.

◆ Stansky, Peter 1996. *On or About December 1910: Early Bloomsbury and Its Intimate World.* Cambridge: Harvard University Press.

◆ Sutton, Emma 2015. *Virginia Woolf and Classical Music: Politics, Aesthetics, Form.* Edinburgh: Edinburgh

University Press.

◆ Willis, John H. 1992. *Leonard and Virginia Woolf as Publishers: The Hogarth Press 1917-41*. Charlottesville: University Press of Virginia.

◆ Woolf, Leonard 1964. *Beginning Again: An Autobiography of the Years 1911-1918*. London: The Hogarth Press.

◆ Woolf, Virginia 1944. *A Haunted House and Other Stories*. Ed. by Leonard Woolf. London: The Hogarth Press.

◆ --- 1975. *The Letters of Virginia Woolf: Volume One 1888-1912*. Eds. by Nigel Nicolson and Joanne Trautmann. New York: A Harvest Book.

◆ --- 1976. *The Letters of Virginia Woolf: Volume Two 1912-1922*. Eds. by Nigel Nicolson and Joanne Trautmann. New York: A Harvest Book.

◆ --- 1978. *The Letters of Virginia Woolf: Volume Four 1929-1931*. Eds. by Nigel Nicolson and Joanne Trautmann. New York: A Harvest Book.

◆ --- 1979. *The Diary of Virginia Woolf: Volume One 1915-1919*. Ed. by Anne Olivier Bell. Harmondsworth: Penguin Books.

◆ --- 1981. *The Diary of Virginia Woolf: Volume Two 1920-1924*. Ed. by Anne Olivier Bell. Harmondsworth: Penguin Books.

◆ --- 1987. *The Essays of Virginia Woolf: Volume Two 1912-1918*. Ed. by Andrew McNeillie. San Diego: Harcourt Brace Jovanovich.

◆ --- 1988. *The Essays of Virginia Woolf: Volume Three 1919-1924*. Ed. by Andrew McNeillie. San Diego: Harcourt Brace Jovanovich.

◆ --- 1994. *The Essays of Virginia Woolf: Volume Four 1925-1928*. Ed. by Andrew McNeillie. San Diego: Harcourt Brace Jovanovich.

◆ --- 2011. *The Essays of Virginia Woolf: Volume Six 1933-1941, and Additional Essays 1906-1924*. Ed. by Stuart N. Clarke. London: The Hogarth Press.

- --- 1990. *Congenial Spirits: The Selected Letters of Virginia Woolf*. Ed. by Joanne Trautmann Banks. San Diego: Houghton Mifflin Harcourt.
- --- 1992. *A Woman's Essays: Selected Essays.* Ed. by Rachel Bowlby. London: Penguin Books.

著者

ヴァージニア・ウルフ

Virginia Woolf

1882年ロンドン生まれ。1915年に小説『船出』でデビューし、その後『昼と夜』『ジェイコブの部屋』『ダロウェイ夫人』『灯台へ』『オーランドー』『波』『歳月』『幕間』と書き継ぐ。エッセイ『自分ひとりの部屋』『三ギニー』でも知られる。著作のほとんどは、夫とともに設立したホガース・プレス社から刊行された。10代以降、たびたび心身の不調に苦しめられ、1941年に自死。

版画

ヴァネッサ・ベル

Vanessa Bell

1879年ロンドン生まれ。画家、インテリア・デザイナー。ロイヤル・アカデミーで絵画を学び、妹であるヴァージニア・ウルフとともにブルームズベリー・グループの一員でもあった。ウルフ作品の表紙画や挿絵も担当した。1961年没。

訳者

片山亜紀

かたやま・あき

イースト・アングリア大学大学院修了、博士（英文学）。イギリス小説、ジェンダー研究専攻。論文に「ヴァージニア・ウルフ『幕間』(1941)——戦争の気配」（高橋和久、丹治愛編『二〇世紀「英国」小説の展開』所収）など。訳書にヴァージニア・ウルフ『自分ひとりの部屋』『三ギニー』『幕間』（いずれも平凡社ライブラリー）、『ある協会』（エトセトラブックス）など。

MONDAY OR TUESDAY by Virginia Woolf
With woodcuts by Vanessa Bell
1921

月曜《げつよう》か火曜《かよう》

2024年7月24日　初版発行
2024年10月1日　2刷発行

著者　ヴァージニア・ウルフ
画　ヴァネッサ・ベル
訳者　片山亜紀

発行者　松尾亜紀子
発行所　株式会社エトセトラブックス
155-0033　東京都世田谷区代田4-10-18-1F
TEL: 03-6300-0884
https://etcbooks.co.jp/

装丁　鈴木千佳子
DTP　株式会社キャップス
校正　株式会社円水社
印刷・製本　モリモト印刷株式会社

Printed in Japan
ISBN 978-4-909910-24-0

エトセトラブックスの本

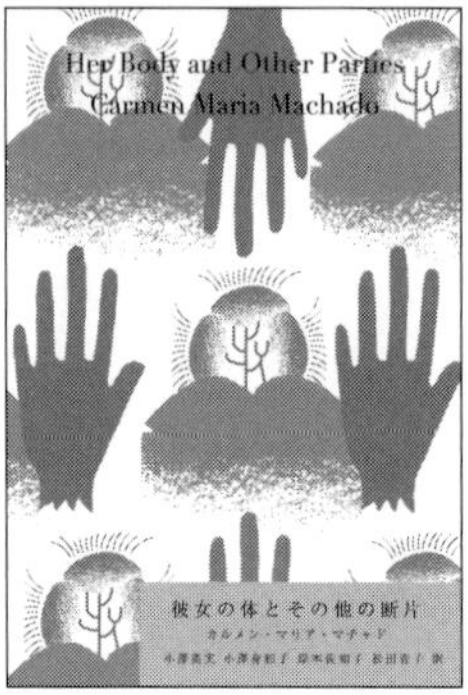

彼女の体とその他の断片

カルメン・マリア・マチャド

小澤英実 小澤身和子　岸本佐知子 松田青子 訳

四六変判・並製

「身体」を書き換える新しい文学、

クィアでストレンジな女たちの物語

首にリボンを巻いている妻の秘密、セックスをリスト化しながら迎える終末、食べられない手術を受けた私の体、消えゆく女たちが憑く先は……。ニューヨーク・タイムズ「21 世紀の小説と読み方を変える、女性作家の15作」選出、全米批評家協会賞、シャーリイ・ジャクスン賞、ラムダ賞（レズビアン文学部門）他受賞！　大胆奔放な想像力と緻密なストーリーテーリングで「身体」に新しいことばを与える、全８編収録の初短編集。

エトセトラブックスの本

別の人

カン・ファギル

小山内園子 訳

四六変判・並製

受け入れがたい暴力にさらされたあとも、
人生は続く。そのとき記憶は
人をどう変えるのか――。

ハンギョレ文学賞受賞、韓国フェミニズム作家の先頭を走るカン・ファギル初邦訳！　30代前半のジナは、恋人から受けたデートDVをネットで告発するが、かえって彼女のほうがひどい誹謗中傷にさらされてしまう。さらに傷ついたジナは、かつて暮らした街を訪ねることに……。デビューから一貫して女性を襲う理不尽と絶望を書き続けてきた作家が、韓国でも社会問題化している性暴力被害を題材に、暴力が生まれる構造を正面から描く。